La máscara del deseo

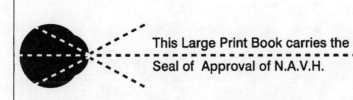

This Large Print Book carries the
Seal of Approval of N.A.V.H.

La máscara del deseo

LORI WILDE

Thorndike Press • Waterville, Maine

Published in 2005 by arrangement with Harlequin Books S.A.
Publicado en 2005 en cooperación con Harlequin Books S.A.

Thorndike Press® Large Print Spanish.
Thorndike Press® La Impresión grande española.

The tree indicium is a trademark of Thorndike Press.
El símbolo del árbol es una marca registrada de Thorndike Press.

The text of this Large Print edition is unabridged.
El texto de ésta edición de La Impresión Grande está inabreviado.

Other aspects of the book may vary from the original edition.
Otros aspectros de éste libro podrían variar de la edición original.

Set in 16 pt. Plantin.
Impreso en 16 pt. Plantin.

Printed in the United States on permanent paper.
Impreso en los Estados Unidos en papel permanente.

Library of Congress Cataloging-in-Publication Data

Wilde, Lori.
    [Thrill to remember. Spanish]
    La máscara del deseo / by Lori Wilde. — Large print ed.
        p. cm. — (Thorndike Press large print Spanish)
    ISBN 0-7862-8126-X (lg. print : hc : alk. paper)
    1. Large type books.   I. Title.   II. Thorndike Press large print Spanish series.
    PS3623.I536T4918 2005
    813'.6—dc22   2005023512

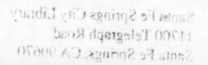

La máscara del deseo

Capítulo uno

¿QUIÉN era aquella mujer enmascarada?

Fascinado, Caleb Greenleaf observó cómo la desconocida pelirroja ataviada de rojo atravesaba la puerta del centro social de Bear Creek, Alaska, y se sumergía en el bullicio del baile de disfraces organizado por Metropolitan, la revista femenina más de moda de la ciudad de Nueva York.

—Pelirroja y seductora —musitó Caleb, entornando los ojos para estudiarla aún más detenidamente bajo la tenue y sugerente iluminación.

Alta. Curvas en los lugares adecuados. Buenas piernas. Rectificación. Muy buenas piernas.

De hecho, por el modo en el que se exhibían con aquellos sensuales zapatos de tacón de aguja rojos, de más de diez centímetros de altura, podrían muy bien ser el mejor par de extremidades que Caleb había visto en toda su vida.

El ceñido corpiño color escarlata que llevaba puesto moldeaba su atractivo cuerpo como una segunda piel. La tela de raso se extendía provocativamente sobre aquellas generosas curvas para luego estrecharse y ceñir la estrecha cintura de la joven. Además, llevaba unos minúsculos pantalones cortos de color rojo intenso que apenas cubrían su delicioso trasero. Unas medias de red color bermellón coronadas por unas ligas de encaje negro aceleraban el pulso de Caleb. Aquella mujer era tan excitante como una bailarina de Las Vegas y tres veces más sexy.

Reconoció inmediatamente la lencería. Había visto un atuendo similar en Dolly's House, el museo de un prostíbulo de Ketchikan, en el que se podía admirar la voluptuosa figura de Klondike Kate, la más famosa madame de la fiebre del oro en Alaska.

¡Qué disfraz! ¡Qué cuerpo! ¡Qué mujer! ¿Quién era?

Caleb la observó descaradamente, sin avergonzarse en absoluto de una actitud que no era propia de él. No era un perro de presa. De hecho, estaba apoyado contra la pared con el gesto despreocupado que había perfeccionado cuidadosamente para los actos sociales a los que, como aquél, no deseaba acudir.

Introvertido por naturaleza, su trabajo como naturalista para el estado de Alaska encajaba perfectamente con su personalidad.

Caleb pasaba gran parte del tiempo solo, al aire libre, y atesoraba aquella libertad. Evitaba las fiestas, pero, dado que era uno de los invitados de honor, no había podido librarse de aquélla. A pesar de que la sala estaba abarrotada por los habitantes de la ciudad, mujeres solteras en busca de marido, de turistas curiosos y de representantes de los medios de comunicación, de repente se alegró mucho de haber acudido.

Justo al entrar en el vestíbulo ella dudó. Caleb observó la decisión consciente de la joven de seguir adelante a pesar de su miedo. Cuadró los hombros, se colocó una sonrisa en los labios y siguió andando. Aquella décima de segundo de vulnerabilidad, seguida de una decidida muestra de valor, llenó de ternura el corazón de Caleb. Estuvo a punto de aplaudirla.

Entró en la sala. Bum-chaca-bum-chaca-bum. Sus pechos se bamboleaban con desenvoltura. Al observar el contoneo de su trasero, Caleb sintió que su cuerpo se tensaba, la temperatura le subía un poco más y la respiración se le aceleraba. Un ardiente deseo se le aferró a la entrepierna. El sabor de la pasión le abrasó la lengua. La deseaba. Desesperadamente.

Lo excitaba de un modo asombroso. Ninguna mujer lo había excitado de aquel modo desde Meggie Scofield, el objeto de sus concupiscentes fantasías adolescentes.

Sonrió al recordar. Había estado tan obsesionado con la hermana de su mejor amigo que había creído que nunca se la sacaría de la cabeza. Desgraciadamente Meggie, que era dos años mayor que él, siempre lo había considerado como una especie de hermano adoptivo. Habían hecho falta unas aventuras en la universidad y que su hermanastro Jesse se casara con Meggie para que se olvidara de aquella obsesión de juventud.

Como el último de los Solteros de Bear Creek que habían aparecido buscando esposa en la revista Metropolitan, Caleb había perdido toda esperanza de encontrar a alguien que lo inflamara del mismo modo que lo había hecho Meggie. Sin embargo, de la nada había surgido aquella sexy Klondike Kate para despertar su interés y destapar unas pasiones que llevaban demasiado tiempo dormidas.

¿Sería una turista? Conocía a todos los habitantes de la ciudad. Con toda seguridad no vivía en Bear Creek. Tal vez formaba parte de la revista. No podía dejar de mirarla. Ella se había dirigido a la barra, había pedido una copa de vino y había empezado a charlar con el camarero. Algunos canallas tenían mucha suerte.

«Mírame», deseó Caleb. «Olvídate de ese patán y mírame...».

Como si hubiera sentido la fuerza de la silenciosa orden de Caleb, ella levantó la cabeza y miró a través de la sala. Las miradas de ambos restallaron como un relámpago. Ardientes. Intensas. Apremiantes.

Ella abrió los ojos de par en par bajo el llamativo antifaz de plumas rojas que le ocultaba la parte superior del rostro. Se humedeció los labios con la punta de una rosada lengua, lo que terminó de rematar a Caleb En un segundo, su hiperactiva imaginación lo transportó a un mundo propio.

Ella extiende brazos y piernas sobre la enorme cama de él ataviada aún con aquella sugerente lencería.

—Ven aquí —lo invita.

Él se despoja inmediatamente de la ropa y se coloca a su lado en un instante. Ella lo besa con una presión vital, extendiendo una lengua dulce como la miel hacia él. La entrepierna se le caldea y se despierta un apetito voraz. Le desabrocha el corpiño y permite que se abra para dejar al descubierto unos senos rotundos y cremosos. Cuando le vibra un gruñido sordo en la garganta, ella cierra los ojos y arrulla suavemente.

—Sírvete…

Tras inclinar la cabeza, él toma un erecto y rosado pezón entre los cálidos labios. Ella exhala un suspiro. El deseo lo atraviesa a él como una lanza. Ella lo anima a continuar sujetándole la cabeza para que no la aparte.

—Con más fuerza —gime—. Nada de delicadezas…

Ella extiende la mano y comienza a acariciarle la columna de su masculinidad, mostrándole así exactamente lo que necesita. Enreda los dedos con las cintas de cuero de los pantalones que él lleva puestos y le da una serie de firmes tirones que le producen chispas en la entrepierna.

Él está a su lado, deseando con todas sus fuerzas a aquella maravillosa criatura. Podría poseerla allí mismo, en aquel mismo instante, sin pensar en nada más que en saciar la sed que siente por ella. Sin embargo, no lo hace. Quiere que ella lo desee tan desesperadamente como él la desea a ella.

Ávidamente, le junta los pechos, llenándose las palmas de las manos con ellos, para así poder pasar fácilmente de uno a otro con un rápido movimiento de la lengua. Los gemidos de placer que ella emite están a punto de enviarlo más allá de toda capacidad de razonamiento, sumergiéndolo en un mundo de sensaciones que hasta entonces sólo han ocurrido en sus sueños.

Pura delicia.

Siente cómo se le endurece el pene, sin saber cómo es posible una erección tan potente. El dulce aroma de la feminidad de ella, la increíble suavidad de su cabello, el delicioso sabor de su piel y el sonido hipnótico de su voz acicatean aún más su imaginación. Más. Tenía que tener mucho más.

—Hola, hombre.

Una esbelta morena, disfrazada de Dama de la Noche, se le había acercado, terminando así abruptamente con su ensoñación.

—Hola —replicó él, muy secamente. «Gracias por haber interrumpido la mejor fantasía que he tenido en toda mi vida».

—Oh. Eres del tipo duro y misterioso. Mi favorito —dijo ella. Hizo girar el dedo índice sobre el borde de la copa de champán que tenía entre los dedos al tiempo que pestañeaba muy sugerentemente.

Las mujeres agresivas se le habían insinuado en muchas ocasiones, especialmente después de que se hubiera convertido en un hombre rico y muy especialmente después de que se publicara la edición de junio de la revista Metropolitan. Reconocía muy bien la dura expresión de sus ojos y casi podía escuchar el típico sonido de la caja registradora haciéndose eco en el cerebro de aquella mujer. «Sin duda alguna una cazafortunas», diagnosticó sin esfuerzo.

—Bueno, ¿quién se supone que eres? —ronroneó la Dama de la Noche.

—¿Cómo dices?

—Déjame adivinarlo. ¿El Zorro? —sugirió ella mientras lo miraba de la cabeza a los pies.

—No.

Entonces, la mujer chascó los dedos.

—Ya lo tengo. Te pareces a Johnny Depp en esa película de Don Juan Demarco. Eres Don Juan, el infame seductor latino.

—Así es —replicó Caleb, casi sin mirarla. Sólo deseaba que se marchara y que lo dejara proseguir con su fantasía.

—En ese caso, dime algo sexy —sugirió ella, tras guiñarle un ojo. Caleb se limitó a fruncir el ceño—. El tipo duro y misterioso. Me encanta cómo te quedan esos pantalones de cuero, si sabes a lo que me refiero.

Genial. Él estaba fantaseando con Klondike Kate, pero tenía que cargar con la señorita Me-Gusta-Tu-Cartera.

La falta de respuesta de Caleb no afectó en absoluto a la mujer. Ella siguió hablando como si nada.

—Alguien me ha dicho que estás soltero y

que eres millonario. ¿Es eso cierto?

—Lo siento —repuso él—. No tengo ni un centavo.

—Oh.

La Dama de la Noche abrió alarmada los ojos, como si acabara de pisar algo poco deseable con sus carísimos zapatos de diseño. Los amigos de Caleb decían que era demasiado cínico. Tenía sus razones.

Desde el principio de aquella campaña para buscar esposa, Caleb se había mostrado reacio a reunirse con sus amigos, no porque temiera el compromiso, sino porque anhelaba la misma felicidad que el anuncio les había reportado a sus tres compañeros, Quinn, Jake y Mack. Sin embargo, dado que en su familia había una larga tradición de numerosas bodas y divorcios, de familias que se unen para luego disolverse, tenía miedo de que se casaran con él por razones que nada tenían que ver con el amor verdadero.

«Eres un paranoico, Greenleaf. Te aterra terminar con una mujer como tu madre que deje maridos ricos para casarse con otros aún más ricos o acabar como tu padre, completamente fracasado después de dos matrimonios fallidos».

Muy bien. Tal vez era bastante sensible al tema. Tal vez tenía falta de confianza en lo que se refería a las mujeres. A la edad de veintisiete años, había amasado una pequeña fortuna trasladando el amor que tenía por la naturaleza a una lucrativa empresa en Internet con la que suministraba flora y fauna de la zona a laboratorios y universidades. Cuando la vendió y transformó su afición en un millón de dólares descubrió que, aparte de impresionar a su avariciosa madre, el dinero se había convertido en una molestia en vez de una bendición.

Comprendió demasiado tarde que no debería haberse puesto el disfraz de Don Juan, que tanto llamaba la atención. No sabía por qué lo había elegido. Tal vez porque no se parecía en nada al famoso seductor español y era mucho más fácil fingir que era algo que no era. No obstante, lo más probable debía de ser porque el disfraz había resultado muy fácil de confeccionar. Sin embargo, si era sincero consigo mismo, tenía que admitir que el disfraz de Don Juan le daba cierta seguridad. Había algo en aquellos pantalones de cuero, en las brillantes botas negras, en la aguerrida capa, en el bigote postizo y en la camisa blanca de pirata que avivaba su confianza de un modo que no sabía explicar. El disfraz parecía actuar como hilo conductor del lado más oscuro de su personalidad y lo animaba a dejarse llevar por impulsos que normalmente habría reprimido, como el de cruzar la sala y presentarse él mismo a Klondike Kate.

Nunca se había dejado llevar por el sexo con desconocidas, aunque en la universidad había tenido algunas breves aventuras en un intento por aplacar el deseo que sentía por Meggie. No obstante, aquella mujer de rojo lo excitaba tanto que estaba dispuesto casi a cualquier cosa. No le importara que fuera algo a corto o largo plazo. Sólo quería conocerla. Después de muchas especulaciones, estaba dispuesto a terminar con la búsqueda de esposa y meterse hasta el cuello en una aventura para calmar su frustración sexual. Aquella noche, era el seductor Don Juan. Cualquier cosa era posible.

«Venga. Hazlo».

Buscó a su diosa vestida de rojo, pero ella había desaparecido. Durante un momento, no supo qué hacer, pero entonces vio un destello de rojo justo cuando ella desaparecía entre un remolino de disfraces que bailaban en la pista.

Caleb lanzó un suspiro de alivio, aunque la sangre le golpeaba las sienes y el corazón le latía al ritmo de la música. De repente, el pánico se apoderó de él. ¿Y si ella se marchaba de la fiesta antes de que tuviera la oportunidad de hablarle? ¿Dónde se había ido?

—Si me perdonas —le dijo a la Dama de la Noche. Antes de que ella pudiera decir nada, se apartó de la pared y comenzó a abrirse paso entre la multitud.

Después de estar buscándola durante varios minutos, la encontró por fin sentada en un rincón tranquilo cerca del vestíbulo principal. Sonrió. Ella tenía un zapato en la mano y, lentamente, se estaba dando un masaje en el pie. Al ver aquellos delicados dedos, que no iban pintados de rojo tal y como Caleb se había imaginado sino de un inocente rosa pastel, él sintió que se le hacía un nudo en la garganta. Ella tenía inclinada la cabeza, dejando así al descubierto la suave curva de su cuello. Caleb tuvo que morderse los labios para no gemir en voz alta. El vientre se le contrajo, el cuerpo se le caldeó... Parecía estar reaccionando de un modo que le resultaba imposible controlar. Aquel inexplicable nerviosismo lo asustaba y provocaba en él una debilidad que no quería aceptar.

Había pasado tanto tiempo desde la última vez que disfrutó del sexo... Por eso resultaba tan susceptible al atractivo de aquella mujer. No había otra razón.

«Sí, claro». Si era sólo la lujuria lo que lo motivaba, entonces ¿por qué no aprovecharse de las docenas de mujeres que se le habían ofrecido a lo largo del verano? No. Aquello era diferente, aunque no supiera decir por qué.

Klondike Kate empezó a inclinarse para colocarse de nuevo el zapato, pero se detuvo.

Caleb no hacía más que mirarla y notó que uno de los corchetes del corpiño que ella llevaba puesto se le había enganchado en la tapicería de la butaca. Ella estaba tratando de soltarse, sin conseguirlo.

«Ésta es tu oportunidad para conocerla, Greenleaf. Don Juan al rescate».

Con el corazón latiéndole a toda velocidad, se acercó, se inclinó sobre ella y le susurró al oído con un acento español que no se parecía en nada a su verdadera voz:

—Por favor, permítame. Sería para mí un honor poder ayudarla.

Las masculinas manos de Don Juan se le habían apoyado sobre la espalda desnuda. Con los dedos, trataba de desenganchar el corchete de la butaca.

Meggie Scofield contuvo el aliento, atónita de que el atractivo hombre de la máscara negra, que tan descaradamente la había estado mirando desde que ella llegó a la fiesta, la estuviera tocando de un modo casi íntimo y provocándole una oleada de calor que se le extendía como un abanico por la piel.

No. No. Era demasiado pronto. Aquel hombre era mucho más de lo que ella había pretendido. Aún no estaba preparada para tanta atención por parte de un hombre.

Le había hecho falta aferrarse a todo el valor que poseía, además del ánimo de sus amigas y de una buena copa de chardonnay, para entrar en aquella fiesta con un disfraz tan sugerente. Si no hubiera estado decidida a deshacerse de su imagen de buena chica, jamás habría llegado tan lejos.

En aquel momento se sentía paralizada, embriagada por la abrasadora cercanía de aquel desconocido. Estaba tan cerca de ella que el aroma de su colonia le llenaba la nariz con las sugerentes notas de la naranja, la canela y el regaliz. Aquel hombre olía maravillosamente.

El deseo estalló entre ellos. La adrenalina se abrió paso por las venas de Meggie, sensibilizándole la piel e introduciéndose por debajo de la peluca pelirroja que llevaba sobre su cabello negro como el carbón. ¿Quién sería aquel hombre? ¿Por qué parecía tan fascinado con Meggie Scofield, tan corriente, cuando podía estar con cualquiera de las mujeres que había en la fiesta?

«Es el disfraz, tonta».

Unas inquietantes sensaciones le recorrieron el cuerpo cuando él le bajó los dedos un poco más por la espalda. Meggie se echó a temblar y trató de apartarse de él.

—Estese quieta —murmuró, con un acento español tan seductor que hizo que el suave vello de la nuca de Meggie se pusiera de punta—. Temo que un movimiento brusco pueda estropearle este hermoso corpiño.

—Lo siento.

—No hay razón alguna para disculparse.

El corazón le latía a toda velocidad. La cadera de él, cubierta por el cuerpo, quedaba al mismo nivel que el hombro de Meggie. Bajó la mirada y vio que él llevaba unas botas de montar negras. Tuvo que controlarse para no volver a echarse a temblar. Por alguna razón que no era capaz de descubrir, Meggie se imaginó acariciando suavemente los pliegues de la sedosa camisa blanca. Aquella imagen tan inesperada le puso el vello de punta. Los pezones se le irguieron contra el encaje del corpiño.

Tragó saliva.

Aquel instante parecía completamente surrealista, como si estuviera formando parte de un delicioso sueño. Cuando era más joven, sus fantasías más secretas habían incluido a personajes como Don Juan, piratas, vikingos y moteros. Sin embargo, aquellos días habían quedado atrás. Había tenido una buena porción de canallas en su ida. Había

21

terminado de vivir peligrosamente con hombres difíciles. Desgraciadamente, su cuerpo no parecía escuchar lo que le ordenaba la mente.

—Ya está —dijo él—. Está libre.

Meggie se puso en pie rápidamente para poder apartarse de la desconcertante proximidad de aquel hombre.

—Gracias —murmuró.

Incapaz de resistirse, lo miró de arriba abajo. Unos intensos ojos azules acechaban detrás del antifaz de cuero negro.

—De nada.

Él hablaba en voz baja. Meggie se preguntó si el acento español sería real o si simplemente lo utilizaba para dar más credibilidad a su disfraz de Don Juan. En aquel momento, ella recordó que también iba disfrazada y que debería estar hablando con el descaro y el acento de Klondike Kate. Sin embargo, la abrumadora presencia de aquel desconocido le impedía elevar la voz más allá de un susurro. Fuera quien fuera aquel hombre, con aquel disfraz era la viva imagen del seductor español. ¿Habría elegido aquel disfraz porque él también era un hábil amante?

Él la sorprendió observándolo. El estómago de Meggie dio un vuelco. Deliberadamente, él levantó una mano y lentamente se acarició el finísimo bigote que llevaba con un íntimo gesto.

Meggie pasó a mirarle la boca. Sintió una presión en el pecho. Quería apartar los ojos, pero no podía hacerlo. La audaz mirada de él chocó con la suya. Abrasadora, febril, profundamente azul. Poseía los ojos que podían hacer que una mujer temblara de anticipación sexual, unos ojos que prometían un millar de placeres prohibidos. No sonreía. Su expresión permaneció completamente impasible. Tenía unos labios gruesos y una mandíbula sólidamente masculina.

¿Quién era?

El aura de seguridad que lo rodeaba la seducía mientras que, al mismo tiempo, la hacía sentirse muy asustada. El corazón le latía a toda velocidad y, efectivamente, estaba temblando. Meggie odiaba la tortuosa y dolorosa sensación de profunda indefensión que implicaba una atracción física tan potente.

—Tiene frío.

«Di algo insinuante. Algo que Klondike Kate dijera», le decía una voz en el interior de la cabeza. Aquel hombre la abrumaba de tal manera que ni siquiera podía encontrarse la lengua.

Él se despojó de la capa negra que le cubría los hombros y la colocó sobre los de Meggie. Con la simple presión de las manos de él, los latidos del corazón se le aceleraron un poco más.

—Ya está —dijo él al tiempo que daba un paso atrás—. ¿Mejor?

—Mucho mejor —respondió Meggie.

La estaba mirando otra vez. Por dondequiera que se le posaban los ojos, la piel le ardía. Sin poder evitarlo, empezó a imaginarse que los dedos de aquel desconocido recorrían el mismo camino por el que viajaban sus ojos. Los pechos se le irguieron de deseo. Sentía que era un hombre muy viril, muy poderoso.

Desconcertada, se miró los pies y, para su desconsuelo, se dio cuenta de que sólo llevaba puesto un zapato. ¿Cómo no se había dado cuenta hasta entonces? ¿Qué le ocurría?

Desesperada por escapar del escrutinio al que el desconocido la estaba sometiendo, miró a su alrededor. El centro social estaba abarrotado de turistas y de habitantes de la ciudad. Todos estaban muy emocionados con el baile de disfraces que daría por finalizado el verano. La alegría y el misterio teñían el ambiente mientras todos trataban de averiguar quién era quién.

El tema del baile era «Personajes famosos

de la historia». Los asistentes iban ataviados con una amplia variedad de disfraces, que iban desde Atila el rey de los Hunos a Bonnie y Clyde. Las conversaciones eran muy animadas y la comida del bufé deliciosa. La fiesta era un banquete para los sentidos. Liam Kilstrom, el discjockey de KCRK, la emisora local que era propiedad de los padres de Meggie, ponía una selección tan buena de música que nadie dejaba de bailar. Sin embargo, Meggie no parecía poder centrarse en nada más que en el atractivo magnetismo del exótico desconocido que la sometía con la mirada. En aquellos momentos, había comprendido cómo se siente un pez de colores. Completamente expuesto.

Como si se hubiera percatado de lo que Meggie estaba pensando, él se inclinó, tomó el zapato que ella se había quitado y le indicó el pie desnudo con un gesto de la cabeza.

—¿Puedo?

Sin poder reaccionar de otro modo, Meggie se dejó caer sobre la butaca y extendió la pierna. Don Juan se arrodilló ante ella, le tomó el talón en la palma de la mano y, como en el cuento de Cenicienta y el Príncipe Azul, le colocó el zapato suavemente en el pie. La calidez que le emanaba de la mano era imposible de soportar. Se sentía como si se hubiera sumergido en una taza de chocolate derretido.

Él se puso de pie. Sin que pudiera evitarlo, ella lo miró de abajo arriba. Tenía un cuerpo firme y esbelto, muy musculoso, un cuerpo en forma que sugería un trabajo al aire libre... Impresionante.

Era un espécimen de hombre muy provocativo, desde el cabello negro, que contrastaba con el níveo blancor de su camisa, pasando por el torso de anchos hombros para llegar por último a la estrecha cintura que ceñían aquellos exquisitos pantalones de cuero.

Era demasiada excitación para una noche. Se suponía que aquella velada era su vuelta a la vida social. La primera vez que asistía a un acto público desde su divorcio, ocurrido seis meses antes. La primera vez que había participado en una reunión social desde que se tomó la baja de su trabajo como enfermera de pediatría en Seattle. Había regresado a Bear Creek con el pretexto de ayudar a su madre a recuperarse de una operación de tobillo, aunque, en verdad, su regreso se debía a la necesidad que Meggie tenía por regresar a la seguridad del pueblo en el que nació para tomar fuerzas y lamerse las heridas.

Se negaba a verse atrapada de nuevo en una situación parecida. No estaba dispuesta a repetir las equivocaciones del pasado y caer en brazos de un hombre completamente inapropiado.

«Podrías tener simplemente una aventura salvaje»

Imposible.

Sintió que el rostro se le caldeaba con aquel pensamiento. Meggie Scofield no era la clase de chica que tenía aventuras salvajes. Era demasiado sensata, demasiado responsable y demasiado cauta como para saltar al vacío sin mirar antes. Una cosa estaba muy clara. Como no parecía capaz de confiar en sus propias emociones, tenía que alejarse de aquel hombre. Y rápido. Agarró su bolso, que se le había deslizado entre el espacio del asiento y el respaldo de la butaca, y señaló con el dedo el aseo de señoras.

Con un tenso susurro, tartamudeó:

—Voy a… Tengo que ir a…

Una sonrisa se dibujó en los labios del desconocido, como si el nerviosismo que ella mostraba lo divirtiera. Por un momento, pareció que iba a decir algo, pero Meggie no quería detenerse para escucharlo. Se levantó de la butaca como una exhalación y se dirigió a toda velocidad al cuarto de baño. El corazón le latía como nunca lo había hecho antes.

Capítulo dos

VARIOS minutos más tarde, las tres mejores amigas de Meggie la encontraron escondida en el tocador de señoras con la cabeza metida entre las rodillas y tratando de no hiperventilar.

—¡Meggie! ¿Te encuentras bien? —le preguntó Kay Freemont Scofield, su cuñada, mientras se sentaba a su lado en el sofá y le rodeaba los hombros con un brazo.

Tristemente, Meggie levantó la cabeza.

—Sí, si consideras que los sofocos tienen algo de bueno.

—¿Tiene ese sofoco algo que ver con ese macizo del disfraz de Don Juan con el que te vimos hablando? —quiso saber Kay, que estaba fantástica con su disfraz de Mata Hari. En realidad, Kay, que tenía un increíble parecido con Charlize Theron, estaría imponente con cualquier cosa.

—Claro que no. Sólo me he acalorado un poco por la cantidad de gente que hay en esa sala.

—Pues a mí me parece que ese Don Juan es capaz de hacer arder las sábanas. ¿Necesitas una bolsa de hielo? —preguntó la descarada Sadie Stanhope. Iba disfrazada de María Antonieta y, en aquel momento, se estaba retocando el maquillaje frente al espejo.

—No —afirmó Meggie, que no estaba dispuesta a admitir la inevitable atracción—. ¿Sabes quién es? —añadió, estropeando así aquella falsa pretensión.

—No —respondió Kay sacudiendo la cabeza—, pero es adorable.

¿Adorable? Aquél no sería el modo en el que Meggie definiría a aquel impresionante ejemplar masculino. Aún sentía hormigueos en la piel del talón donde él le había tocado.

Cammie Jo Lockhart extendió la mano y acarició la seda de la capa de Don Juan entre los dedos.

—Bonita capa. ¿Estuvisteis los dos jugando al héroe y a la damisela en peligro?

—No seas tonta. Yo no he jugado a nada con ese hombre. Tenía frío y él me prestó su capa. Nada más.

—Espera un minuto. Pensé que habías dicho que te habías acalorado.

—Eso fue antes.

—¿Antes de qué? —quiso saber Cammie Jo, con una sonrisa en los labios.

—Antes de que el señor Guaperas le colocara la capa sobre los hombros —comentó Sadie—. Venga, Meggie, ¿estás segura de que no sientes ni el más mínimo interés por él?

Meggie negó con la cabeza.

—Está bien. Ese hombre es muy sexy. Nada del otro mundo. Os diré cuál es el verdadero problema. Este disfraz. Ya os dije que era un error. Parezco una fulana de tres al cuarto. De hecho, probablemente él pensó que yo era una fulana.

Se levantó y, por encima de la cabeza de Sadie, observó su reflejo en el espejo. Kay la había ayudado a vestirse para la fiesta y le había untado en el rostro suficiente maquillaje como para decorar un pastel.

Sin embargo, al mismo tiempo que protestaba, sintió cómo una oleada de placer se apoderaba de ella. Había conseguido atraer la atención de un hombre muy guapo. No obstante, con aquel atrevido disfraz se sentía como una conductora inexperta tras el volante de un potente coche. Tanto brillo, tanto, poder...

«Demasiadas posibilidades de desastre», le susurró la voz de su sentido común.

Aquella misma voz la había mantenido atada a valores pasados de moda durante demasiados años. Aquélla era la misma voz trasnochada que había tratado desesperadamente de aplacar cuando había permitido que sus amigas la convencieran para que se pusiera aquel escandaloso disfraz.

—No seas tonta —dijo Kay—. Klondike Kate es tu alter ego perfecto y estás fabulosa con ese corpiño.

Meggie se dio la vuelta y se levantó la capa mientras se miraba en el espejo por encima del hombro. Suspiró.

—Hace que mi trasero parezca muy grande.

—Deja de menospreciarte —replicó Kay—. Tienes un tipo estupendo.

—No según Jesse —musitó Meggie tristemente.

—A Jesse que le aspen.

—No creo que sea precisamente eso lo que quieran hacerle sus fans de dieciocho años...

El abandono de Jesse no le había dolido tanto como lo que le había dicho antes de marcharse. Había afirmado que era muy mala en la cama y que por eso se había alejado del lecho matrimonial.

—Reconócelo, Meggie. Eres muy aburrida —le había dicho—. Una marioneta hecha con un calcetín es mucho más divertida que tú.

Meggie hizo un gesto de dolor al recordar aquellas palabras. Le habían dolido tanto porque eran ciertas. No era muy osada en lo que se refería al sexo y siempre había preferido los abrazos al acto sexual en sí mismo, aunque no se podía decir que su ex la hubiera abrazado demasiado.

Kay, Sadie y Cammie Jo la habían ayudado y apoyado todo lo que habían podido, pero, sorprendentemente, el mayor apoyo había provenido de Caleb, el hermanastro de Jesse.

Caleb era un tipo tan encantador que había mostrado su preocupación porque ella hubiera podido sentirse humillada o preocupada porque la familia pensara mal de ella. Había ido a ver a Meggie a casa de sus padres cuando se enteró de lo del divorcio sólo para asegurarle que todos la comprendían y la apoyaban.

—Tienes que dejar de pensar en la opinión que otras personas puedan tener de ti —le aconsejó Sadie—. Así podrás encontrar tu auténtico yo.

—Gracias, doctora.

—Sadie tiene razón. Eres demasiado buena para el canalla de Jesse —comentó Kay.

En un momento de debilidad, Meggie le había confesado a Kay los sórdidos detalles de su divorcio, que incluían el descubrimiento de tangas negros que no eran de ella colgando del ventilador de la cocina.

—No deberías consentir que aplaste tu autoestima. Si yo pude empezar una transformación, tú también puedes —afirmó Cammie Jo. Después de conocer a su futuro esposo, el piloto Mack McCaulley, ella misma había comenzado una sorprendente metamorfosis.

—Cammie Jo tiene razón —asintió Sadie—. Necesitas reclamar tu feminidad. Declarar tu independencia. Definir tu sexualidad. Ya va siendo hora de que empieces a vivir un poco.

«Vivir un poco». Sólo la mención de aquellas tres palabras provocaba que el corazón de Meggie palpitara de anticipación. Pensó en Don Juan y sintió un aleteo en el estómago. ¿Tendría el valor de volver a la sala y empezar una conversación con él? Una conversación que pudiera llevar a... ¿adónde?

Algo en su interior la empujaba a hacer algo prohibido. Se sentía muy caliente y fría al mismo tiempo y estaba excitada de un modo extraño.

—Si lo tienes, muéstralo —dijo Kay.

—A mí no se me da bien mostrar nada.

—Pues ya es hora de que vayas empezando. Te has pasado demasiado tiempo cuidando a otras personas. A tu madre ya se le ha curado el tobillo. Vas a regresar mañana a Seattle para comenzar tu nueva vida como mujer soltera. ¿Qué mejor modo de empezar a hacerlo que ahora mismo?

Las palabras de Kay eran muy sabias, pero Meggie se sentía incómoda al admitir su vulnerabilidad. Era enfermera. Se suponía que debía ser fuerte. En realidad, no se trataba de que sintiera tristeza por la traición de Jesse. A decir verdad, el matrimonio había sido tan infeliz que se sentía aliviada por haber podido escapar de aquella unión tan desdichada. Su matrimonio había muerto mucho antes del divorcio, aunque no había tenido agallas suficientes para llevarlo a su conclusión natural.

En realidad, su ansiedad emanaba de darse cuenta del tiempo que había desperdiciado tratando de ser lo que Jesse había querido que ella fuera para aferrarse a algo que no había estado bien desde el principio. Nunca había puesto sus necesidades en primer lugar. Se había pasado la vida entera cuidando de otros. De niña, había acogido a todos los animales abandonados con los que se había encontrado y había ayudado a su madre a cuidar de su abuela inválida. De adulta, su facilidad natural para proporcionar apoyo moral, emocional y físico la había llevado a elegir la enfermería como profesión, lo que suponía para ella una fuente de orgullo constante. Desgraciadamente, su deseo de verse necesitada la había conducido también a un matrimonio poco satisfactorio. Se había enamorado de Jesse porque él era todo lo que ella no era. Vivaz, animado, aventurero, libre… Tocaba en un grupo de hip-hop, conducía coches potentes y siempre estaba rodeado de gente.

Había creído equivocadamente que él podría darle el valor del que ella carecía mientras que, al mismo tiempo, se había convencido de que ella podría darle estabilidad y seguridad. Se había visto atraída por el hecho de que él la necesitaba, pero, poco tiempo después de su boda, habían empezado los problemas. Con la perspectiva del tiempo veía muy claramente sus errores. Lo que una vez había percibido como la habilidad de Jesse por tomarse la vida fácilmente era en realidad irresponsabilidad. Siempre estaba en la carretera, dejándola en casa para que se ocupara de todo. Facturas, la casa, los coches… Durante los últimos cinco años había vivido como si estuviera soltera, pero sin la libertad de elegir por sí misma la clase de vida que de verdad quería.

—Recuerda que la mejor venganza es una vida bien vivida —le dijo Kay, casi como si le leyera el pensamiento—. Vamos, Meggie. Suéltate el pelo. No te avergüence correr aventuras.

—Tienes razón.

—Ésta es tu oportunidad. Hasta ahora

has estado estancada y necesitas algo que te saque de ese estancamiento. No tengas miedo de extender las alas. Ha llegado la hora de echar a volar —le recomendó Sadie.

¿Por qué no? Bajo la protección de su disfraz de Klondike Kate, Meggie podía flirtear con Don Juan tal y como le viniera en gana. Nadie de Bear Creek, aparte de sus tres amigas, sabría nunca qué rostro se ocultaba bajo aquel antifaz de plumas rojas. Era anónima. No entendía por qué aquel pensamiento la excitaba tanto, pero así era. Flirtearía con Don Juan y bailaría con él. ¿Y?

¿Quién sabía? Tal vez sería capaz de hacer algo totalmente desacostumbrado en ella, como tener una aventura con aquel hombre en un rincón oscuro. Vivir un poco. Aprovechar una oportunidad. Carpe diem.

Sólo la idea de explorar aquel lado tan salvaje le provocaba un nudo en la garganta y hacía que le sudaran las palmas de las manos.

—Vuelve a la sala y flirtea con Don Juan —insistió Kay—. No tienes nada que perder.

—Sí —afirmó Sadie—. ¿Qué es lo peor que puede ocurrir? Ese hombre no tiene ni idea de quién eres. Síguele el juego. Diviértete. Te lo mereces.

—Y por si acaso… —añadió Kay. Abrió

su bolso de Gucci y sacó una caja de preservativos.

—¡Kay! —exclamó Meggie, escandalizada. No había tenido en toda su vida una aventura de una noche. ¿Se atrevería a comenzar aquella misma noche?

—Es mejor estar preparada —repuso Kay, con una sonrisa, mientras introducía los condones en el bolso de Meggie.

—No los necesito. No voy a hacer nada de eso.

—Nunca se sabe —concluyó Kay guiñándole un ojo—. Es mejor prevenir que curar.

Meggie se mordisqueó el labio inferior. En aquellos momentos se sentía muy abierta a la sugestión. Susceptible, vulnerable, frágil... Lo sabía perfectamente, pero reconocerlo no aplacaría su necesidad de salir de su cómodo mundo. Aceptaría la traición de Jessie y la utilizaría como el trampolín para crear una nueva Meggie. ¿Por qué no?

Allí estaban sus amigas, apoyándola, animándola. Sabían que Meggie necesitaba un poco de admiración masculina para reparar un ego hecho trizas. Parecía que la conocían mucho mejor de lo que se conocía a sí misma. De repente, Meggie comprendió que lo deseaba. Tenía veintinueve años, se acababa de divorciar y estaba luchando contra el terrible miedo de ver cómo la vida pasaba por delante de ella a toda velocidad. Aquélla podría ser su última oportunidad para explorar sus límites y gozar de su juventud.

La cuestión era si tendría el valor suficiente para hacerlo. ¿Era lo bastante valiente como para alcanzar lo que deseaba, para explorar las fantasías sexuales secretas que jamás había compartido con nadie? Una extraña sensación de pánico se apoderó de ella. ¿Poseía suficiente coraje como para entablar algo pícaro y maravilloso con Don Juan o iba a terminar como una solterona, con una casa llena de gatos siameses, añorando lo que podría haber sido?

«Arriésgate. ¿Quién sabe lo que descubrirás sobre ti misma?, le susurró una voz audaz en el interior de la cabeza, la voz que se había pasado una vida negando por lo mucho que la asustaba. «Anímate. Tal vez no vueltas a tener una oportunidad como ésta».

—A Metropolitan le gustaría darles las gracias a los solteros de Bear Creek por haber hecho el anuncio. Chicos, vosotros solos incrementasteis la tirada de la revista en un veinte por ciento.

Kay Scofield estaba de pie en el escenario del centro social, micrófono en mano y con su marido Quinn a su lado. Le sonrió con un amor tan evidente que provocó los celos de Caleb. Todos los solteros habían encontrado a alguien a quien amar aparte de él.

—Y, a un nivel más personal... —prosiguió Kay, mirando profundamente los ojos de su esposo— te quiero dar las gracias a ti, Quinn, por haberme hecho la mujer más feliz del mundo. Me siento honrada de ser tu esposa.

—¡Ahhh!

Los asistentes suspiraron al unísono cuando Kay se puso de puntillas para besar a su marido.

—Esta fiesta sirve también para celebrar el inminente matrimonio de Sadie Stanhope y Jake Gerard —continuó Kay mientras examinaba los rostros de los allí presentes—. Sadie y Jake, indicadnos por favor dónde estáis.

Liam, el discjockey, iluminó con un foco los rostros de Jake y de Sadie, que estaban en medio de la pista de baile. Jake saludó con la mano y Sadie lanzó besos para todos los presentes.

Caleb sacudió la cabeza y sonrió. Aquellos dos sí que hacían buena pareja. Nunca había pensado que el balaperdida de Jake sentara la cabeza, pero había encontrado en Sadie su media naranja.

—La boda es el dieciséis de diciembre

en nuestro pequeño hotel —dijo Jake—. Recordad que estáis todos invitados.

—Además, tenemos a Cammie Jo Lockhart y a Mack McCaulley —continuó Kay—. ¿Estáis ahí? —preguntó, mientras se protegía los ojos con una mano para poder examinar a los presentes.

Liam enfocó un rincón de la sala e interrumpió a los dos tortolitos en el ardor de un profundo beso. Alguien lanzó un suspiro de delicia. Cammie Jo se sonrojó y bajó la cabeza. Mack sonrió como un niño al que se sorprende en medio de una travesura. Todos aplaudieron.

En un espacio muy breve de tiempo Bear Creek había cambiado considerablemente y principalmente para mejor. No sólo habían encontrado pareja los tres mejores amigos de Caleb sino que la población había aumentado desde los mil quinientos a los casi dos mil habitantes. Algunas de las damas que habían llegado por el anuncio se habían enamorado de Alaska y habían decidido quedarse, aunque no hubieran encontrado marido. También se habían mudado allí hombres de poblaciones cercanas con la esperanza de cazar a una de esas mujeres. Bear Creek estaba creciendo y cambiando. Estaba pasando de ser un lugar de vacaciones para convertirse en una verdadera ciudad. Una parte de

Caleb daba la bienvenida a aquellos cambios, pero otra temía que su lugar de nacimiento perdiera su atractivo y que el incremento de población domara su espíritu salvaje.

—El éxito del anuncio es del setenta y cinco por ciento —prosiguió Kay—. Es un resultado bastante impresionante, pero a la revista le gustaría que fuera del cien por cien. Sólo nos queda un soltero. Caleb, ¿dónde estás?

Caleb dio un paso atrás. No quería que se notara su presencia.

—¿Caleb? —insistió Kay—. Ven aquí arriba.

Fue entonces cuando él se dio cuenta de que nadie se había dado cuenta de que iba disfrazado de Don Juan. Un profundo alivio se apoderó de él. Lo único que tenía que hacer era guardar silencio. No quería que Klondike Kate supiera que él era el soltero de oro, algo que sin lugar a dudas modificaría la opinión que ella tenía de él. Al menos por aquella noche, deseaba permanecer de incógnito.

—Caleb, ¿dónde estás? —preguntó Kay.

Meggie giró la cabeza y examinó los rostros de los asistentes, esperando ver a su ex cuñado. Aquel verano no había visto mucho a Caleb, dado que él había estado demasiado ocupado deshaciéndose de las damas que lo acosaban mientras ella había estado prácticamente secuestrada en casa cuidando de su madre.

Sin embargo, como iba a tomar el primer avión que saliera de Anchorage al día siguiente por la mañana, aquélla sería la última oportunidad que tendría de despedirse de él. Se alegraba mucho de que su divorcio no hubiera causado problemas entre Caleb y ella. Él era un hombre bueno, estable y sincero. La clase de hombre con la que debería haberse casado.

—¿Caleb? —repitió Kay por tercera vez—. ¿Ha visto alguien a Caleb?

Meggie no se sorprendió, aunque se sintió algo desilusionada. Caleb no era la clase de hombre que disfrutaba de las fiestas o de las multitudes.

—Bueno, supongo que todas las señoritas solteras tienen mala suerte esta noche. Parece que nuestro soltero más deseado ha volado —dijo Kay—, pero, afortunadamente, el bufé ya está abierto. Que disfrutéis mucho todos.

Meggie continuó examinó unos minutos examinando a la multitud, pero, cuando descubrió de nuevo a Don Juan, se olvidó por completo de Caleb. Estaba hablando con una mujer muy delgada, que iba vestida de gata negra. Inmediatamente, Meggie se sintió gorda y poco atractiva, pero se sacudió rápidamente ese sentimiento. No iba a tener pensamientos negativos. ¿Qué tenía de malo tener una talla cuarenta y dos en vez de una treinta y seis? Sólo porque a su ex le hubieran gustado las mujeres delgadas como un palo no significaba que a todos los hombres les ocurriera lo mismo.

Don Juan se giró ligeramente. Meggie pudo observar su maravilloso perfil, que resultaba aún más intrigante debido al camuflaje que le proporcionaba la máscara. Contempló sus labios gruesos y jugosos.

¿A qué sabrían?

Sus partes más íntimas conocían la respuesta. Sabría a pecado. Frunció ligeramente los labios y suspiró. Él inclinó la cabeza, la miró de soslayo y sonrió muy ligeramente, como si albergara cien secretos muy sensuales. Nadie de la sala se habría dado cuenta de la mirada ni de la sonrisa, tan sutil fue su ejecución. Sin embargo, Meggie sí lo hizo.

«Acércate a él y actúa. Finge ser Klondike Kate».

Deseaba hacerlo, pero tenía miedo de muchas cosas, como de cometer un error o de implicarse demasiado profundamente.

«¿Cómo vas a poder implicarte demasiado, Meggie? Te marchas mañana por la mañana. No volverás a ver nunca a Don Juan».

Sin saber exactamente cómo enfrentarse a sus inesperados deseos sexuales, se dirigió rápidamente a la mesa del bufé, tomó un plato y se dispuso a guardar su turno en la fila. Con un tenedor de cóctel se inclinó para atravesar con él una jugosa y rosada gamba, pero, antes de que pudiera apoderarse de aquel suculento bocado, alguien al otro lado de la mesa lo tomó primero.

—Eh —protestó ella. Entonces, levantó la cabeza y se encontró frente a frente con Don Juan.

Estaba de pie frente a ella, con la gorda y deliciosa gamba empalada en el tenedor. Se inclinó un poco y le colocó al crustáceo a pocos centímetros de los labios. Poseía una sonrisa tan pícara y seductora…

Meggie sintió que le temblaban las rodillas. Sintió el deseo de sentarse sobre el suelo para no caerse allí mismo.

—La compartiré contigo, bella dama —murmuró, con un cautivador acento español.

Lentamente, bajó la gamba hasta que rozó con ella el labio inferior de Meggie. Ella sacó la lengua para evitar que una gota del jugo del marisco le rodara por la barbilla, lo que provocó que él contuviera el aliento. No había dejado de mirarla en ningún momento.

Los latidos del corazón de Meggie se

aceleraron. Se sintió presa de un extraño encantamiento. Decidida a no permitir que él supiera exactamente lo mucho que la afectaba, se encogió de hombros y dio un paso atrás.

—Pensándolo bien, no quiero la gamba —dijo, imitando el acento de Klondike Kate.

—¿Por qué? —susurró él—. ¿Tienes miedo?

—¿Miedo? —repitió ella. Evitó volver a mirarlo a los ojos—. ¿De qué iba a tener miedo?

—Se dice que las gambas son afrodisíacas.

—Cuentos de viejas —afirmó ella, imitando muy bien a la madame de la fiebre del oro.

—Entonces, ¿por qué no le das un bocado para ver lo que pasa?

No había duda de que estaba flirteando con ella. Meggie no sabía lo que hacer. Había pasado mucho tiempo desde que alguien había tratado de ligar tan descaradamente con ella. Deseaba la atención y, al mismo tiempo, no la quería.

—No, gracias.

—Ahh —dijo, como si lo entendiera todo perfectamente—. Lo comprendo.

A pesar de que tenía la intención de no volver a mirarlo a los ojos, Meggie no pudo contenerse. Tenía que ver cuál era la causa de que hubiera pronunciado «ah» de aquella manera. Inmediatamente se arrepintió. Vio que él la miraba con la pena reflejada en el rostro.

Maldición. No necesitaba su compasión. No quería la compasión de nadie. Se había pasado los seis últimos meses tratando de convencer a todos los habitantes de Bear Creek de aquello para que aquel enmascarado desconocido la mirara como si realmente la conociera.

—Has sufrido mucho por amor.

—Oh, por favor... —repuso ella, con un gesto de desdén en los ojos—. Todos los que tienen más de dieciocho años han sufrido alguna vez por amor.

—Pero tú has sufrido recientemente y tienes miedo de volver a intentarlo.

—Tonterías...

El pulso le latía alocadamente en las venas. ¿Cómo podía saber aquello sobre ella? ¿Quién era él? ¿Habría nacido en Bear Creek? Ninguno de los hombres del pueblo le había despertado nunca la libido del modo en el que lo hacía aquel desconocido. Bear Creek era demasiado pequeño. Todos parecían familia.

—Ese hombre te ha hecho dudar que seas deseable como mujer —dijo Don Juan—. Es un canalla. No te preocupes por él.

Meggie sintió una extraña tirantez en el pecho. De repente, tuvo la necesidad de llorar y reír al mismo tiempo.

—Mírame —insistió él—. Mírame a los ojos y dime que no estás sufriendo.

Con un suspiro de exasperación, Meggie lo miró... y se perdió. Con aquella cálida sonrisa y lujuriosa expresión en los ojos, Don Juan la hacía sentirse como una mujer, deseada y apreciada. No se había sentido así desde hacía mucho tiempo.

De repente, se vio atrapada por una provocativa fantasía. Una ensoñadora sensación se apoderó de ella, envolviéndola cálidamente. No sabía si eran los antifaces, el vino o la solícita sonrisa de Don Juan, pero estaba experimentando una deliciosa sensación de paz. Había algo en él reconfortantemente familiar, como si lo hubiera conocido en otra vida, aunque Meggie no creía en ese tipo de cosas. No sabía explicar exactamente por qué, se sentía segura en su presencia.

Don Juan era el tónico que necesitaba, el vehículo físico para su curación emocional. Su magnetismo podía ser la cura para la enfermedad psíquica que la había perseguido durante años.

En aquel mismo instante, Meggie supo que iba a acostarse con él.

Mágico. Su disfraz era mágico. Tenía que serlo. A Caleb no se le ocurría ninguna otra explicación para la milagrosa facilidad con la que se relacionaba con aquella misteriosa mujer. Llevar la máscara y el bigote eran una experiencia liberadora. Podría ser cualquiera. Podría decir y hacer cualquier cosa.

Tenía la respiración muy agitada y la gamba aún en el tenedor extendido, esperando que los rojos y dulces labios de Klondike Kate se separaran y mordisquearan aquel delicado bocado. Sus miradas volvieron a cruzarse. ¿Quién sería ella?

Ella respiraba tan entrecortadamente como él. El pecho se le henchía suave e hipnóticamente con un ritmo embriagador que lo atrapaba sin dejarlo escapar. Aquella mujer le recordaba vagamente a otra persona. ¿Quién? No hacía más que preguntárselo, pero no conseguía respuesta alguna.

Los ojos verdes de Kate eran vivos e inteligentes, a pesar de tener la parte superior del rostro oculta por el antifaz de plumas rojas. Ella manejaba la lengua como un instrumento de tortura, tocándose ligeramente el labio superior como si estuviera tratando de hacer que él perdiera el control.

Caleb sentía que la sangre le corría caliente y viscosa por las venas. El modo en el que ella lo miraba, con una mirada llena de curiosa inocencia, se aferraba a algo en su interior y se negaba a soltarlo.

En aquel breve instante, Caleb memorizó todos lo que no estaba cubierto por la máscara. El modo en el que olía a lluvia fresca, provocando que él deseara hundir el rostro en la suave curva de su cuello. Las delicadas pecas que le decoraban la parte superior del pecho. El irregular pulso en la base de la garganta. El suave arco color rubí de sus labios. Y, sobre todo, saber que, bajo el raso y el encaje de aquel corpiño, que tenía los pezones erectos. Estuvo a punto de gemir en voz alta.

—Perdonad —los interrumpió Genghis Khan—. ¿Os importa dejarme que tome un poco de esa salsa de cangrejo?

Azorado, Caleb se apartó al mismo tiempo que Klondike Kate se ruborizaba de un modo muy atractivo, sonreía y se hacía a un lado. Maldición. El momento se había perdido. ¿O no?

Caleb se comió la gamba y rodeó la mesa del bufé para acercarse a ella. La agarró del brazo y sintió un hormigueo inmediato en las yemas de los dedos al notar el contacto de su piel. Acercó la boca a la delicada oreja y murmuró:

—¿Cómo te llamas?

Ella bajó unas negras y largas pestañas

49

que se rozaron suavemente contra las plumas del antifaz.

—Venga, venga. Eso no forma parte del juego.

—¿Y cuál es el juego? —preguntó él, con voz ronca.

—El secreto. El anonimato. El misterio. Eso es lo divertido de esta fiesta.

—¿No vas a decirme tu nombre?

—Me llamo Klondike Kate, y supongo que tú serás Don Juan, ¿no?

Caleb tomó la mano que ella le ofrecía y se la besó delicadamente, como si hubiera realizado aquel gesto un millón de veces. Entonces, se golpeó los talones e hizo una reverencia.

—A tu servicio.

—Me siento muy halagada. El famoso seductor honrando los salones de mi burdel. Tal vez nos podamos enseñar algunos trucos el uno al otro.

Era extraordinaria. Un momento se sonrojaba tímidamente y al otro fingía pícaramente ser la madame de un prostíbulo y le susurraba palabras sugerentes. Como él, estaba representando un papel. Decía que quería enseñarle algunos trucos. ¡Dios santo! Sentía que iba a arder allí mismo. Menudo juego. De repente, comprendió que tenía que quedarse con ella a solas.

—Toma tu plato —le dijo, casi sin acordarse de utilizar su acento español—. Vamos a tomárnoslo en el bosque.

—¿En el bosque? —preguntó ella, con los ojos muy abiertos. Durante un instante, Caleb pensó que la había asustado y que ella se iba a echar atrás.

—Veinte metros más allá de la puerta de esta sala está en Bosque Nacional de Tongass.

—No me digas.

—¿Y bien?

—Creo que no estoy de humor para la comida —murmuró ella.

—¿No?

—Mi apetito tiene una naturaleza muy diferente.

—A mí me ocurre lo mismo.

—Ve tú primero —susurró ella. Lanzó una mirada a su alrededor y dejó el plato encima de la mesa—. Yo te seguiré enseguida. Hay que tener cuidado. Podría haber espías.

—¿Espías? —quiso saber Caleb. Se imaginó enseguida que aquello formaba de la charada—. ¿Y quién nos está observando?

—Bueno, cualquiera de tus mujeres o de mis hombres —respondió ella. Le guiñó un ojo—. Debemos mantener en secreto esta aventura clandestina. No tiene sentido hacer que nuestros amantes se pongan celosos.

Caleb tragó saliva. Una serie de imágenes le recorrieron el pensamiento, a cada cual más estimulante. Sintió una potente erección y los pantalones de cuero no hicieron nada para poder ocultarla.

—Ve —lo animó ella, con un susurro—. Date prisa antes de que nos vean. Me reuniré contigo en el bosque. Espérame allí.

Le apretó el antebrazo con la mano y le provocó una oleada de sensaciones que le subieron por el brazo hasta extendérsele por el hombro, por el pecho, por el vientre y más allá. Fue como un impulso eléctrico, una combustión dinámica que le dificultaba hilvanar dos palabras juntas.

—No me dejes plantado —gruñó.

—No lo haré. Ahora vete.

Lo empujó hacia la puerta. Antes de que él pudiera responder se dio la vuelta y desapareció por una entrada lateral, cerca del escenario.

Caleb nunca había organizado una velada erótica con una mujer a la que no conocía y a la que, probablemente, nunca más volvería a ver. Era tranquilo por naturaleza, un hombre solitario que se guiaba más por su cerebro que por su cuerpo o por su corazón. Sin embargo, desde que se había puesto aquel disfraz de Don Juan, se sentía transformado. Aquella noche, era un hombre diferente.

Igual que ella. Le daba la sensación de que aquello era también una aventura erótica para Klondike Kate. Por eso, decidió que se esforzaría todo lo posible para que ninguno de los dos olvidara nunca aquella noche.

Capítulo tres

¿QUÉ diablos acababa de hacer? ¿Se había vuelto completamente loca? ¿Sería posible que el estrés de los últimos seis meses le hubiera provocado una pérdida de sensatez que la había llevado a lanzarse a los brazos del primer hombre que mostraba cierto interés por ella? ¿Qué importaba que Don Juan fuera guapo y sensual y que, aparentemente, estuviera muy interesado por dejarse llevar por juegos de seducción? Nada de aquello explicaba su extraño comportamiento.

El cerebro no hacía más que protestar y decirle lo estúpida que había sido. Sin embargo, una vocecilla ofrecía el contrapunto. «Aprovecha el momento. Por una vez en tu vida, Megan Marie Scofield, vive un poco».

Tal vez la motivación real de todo aquello era más una impulso que un deseo sincero por hacerse cargo de su vida. Desde el momento en el que lo había visto apoyado contra la pared, se había sentido... había sentido algo especial.

Mientras se encaminaba hacia el bosque, iluminada tan sólo por la tenue luz del crepúsculo, con el bolso repleto de preservativos debajo del brazo y la capa de Don Juan aleteándole sobre los hombros, sintió que el corazón le latía cada vez más rápido. A pesar de todo, no pudo obligarse a dar la vuelta y regresar a la fiesta. Don Juan resultaba demasiado excitante, demasiado atractivo. La perspectiva de hacer el amor con él era demasiado dulce como para poder rechazarla. Además, ¿cuándo había sido la última vez que se había sentido tan excitada sexualmente? ¿Nunca? De hecho, ¿le habría ocurrido alguna vez en su vida? ¿Sería él capaz de ayudarla a deshacerse de sus carencias en la cama? Tenía que descubrirlo.

El suelo del bosque estaba húmedo. Por suerte, se había tomado el tiempo suficiente para ponerse unos zapatos más adecuados que llevaba en el maletero del coche. No se oía nada a su alrededor, aparte de los sonidos de la noche y los murmullos de la fiesta que había quedado a sus espaldas. ¿Dónde estaría Don Juan? Había esperado que él se quedara cerca del perímetro del bosque, donde pudiera encontrarlo fácilmente.

—Ven.

Oyó el susurro, bajo y seductor. No estaba segura de dónde provenía. Se estaba escondiendo de ella, haciendo que el juego resultara un poco más excitante. Se mordió el labio inferior, saboreando el opulento gusto de su propio deseo. Estaba nerviosa, confundida y muy excitada. ¿Qué iba a ocurrir a continuación?

—¿Don Juan?

Oyó un suave murmullo entre los árboles y luego nada más. Siguió avanzando envuelta por la suave luz del crepúsculo, apartando vegetación y tropezando con las raíces de los árboles. Rezó para no caerse al suelo. Un tobillo torcido estropearía con toda seguridad el momento.

Se detuvo. Él había estado allí. Sobre aquel mismo sendero, justo donde ella estaba en aquellos momentos. Podía olerlo. Su aroma se le había adherido a la nariz como un recuerdo primitivo.

Una ligera sensación de miedo, unida a la del deseo, le aceleró alocadamente los latidos del corazón. Un paso más. Otro. Las ramas le crujían bajo los pies. La rama de un helecho le rozó un tobillo y la sobresaltó. No había nada que temer. Estaba controlando la situación. Sabía que, si así lo deseaba, podía darse la vuelta y regresar a la fiesta. No había nada que la mantuviera allí aparte de su propia curiosidad y su desatada imaginación.

¿Era posible respirar más rápidamente sin desmayarse por hiperventilación? ¿Se podría sentir un nudo más fuerte en el estómago o las rodillas más débiles? Aquel hombre la atraía peligrosamente y ella deseaba que él la capturara.

De repente, sintió que se le ponía la piel de gallina, que los cabellos se le erizaban en la nuca. Él estaba cerca. Lo presentía.

Caleb estaba en su elemento. El bosque. Lo salvaje. Su hogar.

Notó el aroma de ella en la fresca brisa de la noche. Dulce, maduro, encendido. Aroma a jabón, a perfume y a sal que despertaba en su masculinidad un deseo impulsivo y vibrante. El olor de ella lo atraía como la presa a un predador. La boca se le hacía agua y cada fibra de su ser se tensaba. El instinto del macho se había puesto en estado de alerta al sentir la presencia de una maravillosa hembra en su territorio.

Sin descanso, la fragancia femenina lo atraía. Silenciosamente, su cuerpo parecía llamarlo, diciéndole que fuera hacia ella. Las feromonas. La llamada de apareamiento de la naturaleza. Igual que una polilla indefensa se ve atraída a la luz, ella lo había capturado con las magnéticas notas de su olor. Caleb no podía resistirse.

A través de los árboles, vio un reflejo rojizo, un destello del cabello pelirrojo y el sonido de su risa.

—Te veo —susurró él, con un fuerte acento español.

—Ven a por mí —le desafió ella. Entonces, desapareció rápidamente de su vista.

Caleb oyó el sonido de las pisadas de ella acelerándose sobre las hojas que cubrían el suelo del bosque. Con una sonrisa en los labios, los siguió. La caza había comenzado.

Cada molécula del cuerpo de Caleb parecía haber cobrado vida de un modo que jamás había experimentado. Un calor febril le recorría todo su ser con la violencia de un puño que atraviesa una bolsa de papel. Un apetito salvaje se había apoderado de él y sus instintos más primitivos iban creciendo sin que les importara de modo alguno el decoro.

La deseaba de una manera en la que nunca había deseado a otra mujer. Ni siquiera a Meggie en sus años adolescentes. Avanzaba con largas zancadas, sabiendo que no le costaría esfuerzo alguno alcanzarla.

Aquel momento representaba la realización de sus más desenfrenadas fantasías.

Meggie lo había visto. Su silueta se destacaba en lo alto de un terraplén, desde el que la había estado observando con la luna a sus espaldas. Consumida por la excitación del momento, había echado a correr cuando él la vio también a ella. Meggie había lanzado un desafío que reverberaba en el aire nocturno.

«Ven a por mí».

Había echado a correr entre la maleza. Entonces, sobresaltada, se dio cuenta que se había perdido. Había pasado mucho tiempo desde la última vez que había estado en el bosque y no tenía ni idea de en qué dirección estaba Bear Creek.

Se lamió los labios y examinó el bosque furtivamente. Todos los músculos de su cuerpo estaban tensos de la anticipación. A la luz de la luna, vio un claro del bosque delante de ella.

Con mucha cautela, emergió de entre los árboles y vio un estanque que brillaba con los rayos de la luna. A su lado, había una pequeña cabaña para los patinadores. De niños, Quinn, Caleb, Jake, Mack y ella habían compartido muchos recuerdos felices allí, patinando sobre el estanque helado, riendo y bromeando para luego meterse en la cabaña y poder calentarse con una taza de chocolate caliente.

Sintió el tirón de la nostalgia en el corazón. Cuando era más joven, deseaba marcharse de Bear Creek para ir en busca de las brillantes luces de la gran ciudad. Había pensando que jamás echaría de menos la vida en las desoladas y salvajes tierras de Alaska, pero, al ver aquella pequeña cabaña, recordó que Bear Creek podría proporcionarle algo muy especial que jamás encontraría en Seattle: los queridos recuerdos de la infancia.

Al escuchar el suave susurro de las hojas, volvió a ocultarse entre los árboles. Don Juan estaba detrás de ella, acercándosele sin prisa pero sin pausa, como si conociera el sendero al dedillo.

Meggie sintió que un excitante impulso, casi infantil, se apoderaba de ella. Se esforzó todo lo que pudo para no echarse a reír y terminar así demasiado precipitadamente con el juego. Buscó un lugar en el que esconderse. Se colocó detrás de un abeto con la esperanza de que si se ponía de costado contra el tronco y se quedaba tan inmóvil como le fuera posible él tardaría en verla. Cerró los ojos, aguzó el oído y esperó.

Nada. A excepción del murmullo del viento entre los árboles y del zumbido de su propia sangre en los oídos, sólo había silencio. Contuvo el aliento. El corazón le latía a toda velocidad. ¿Se habría marchado? ¿Se habría rendido tan rápidamente? «Oh, no. Por favor que no haya sido así».

Quería mirar, moverse, respirar, pero

60

odiaba terminar tan pronto con el suspense. Aún no. A pesar del frescor de la noche, la frente se le cubrió de sudor. Pasó un minuto. Nada.

Finalmente, incapaz de contener el aliento ni un minuto más, dejó escapar el aire y aspiró profundamente. Fue entonces cuando unos fuertes brazos la aprisionaron por la cintura.

Soltó un grito que resonó con fuerza por todo el bosque y soltó el bolso. Sin embargo, él no la dejó escapar. De hecho, aquellos nudos y fuertes brazos la apretaron un poco más.

—Ya eres mía, resbaladiza picaruela —dijo, acariciando los oídos de Meggie con su lírico acento español y transportándola así al mundo mágico de los sueños.

Estaba detrás de ella, apretando el trasero de Meggie contra su entrepierna. Ella sentía el calor y la firmeza de su potente erección a través de la leve restricción de los pantalones de cuerpo. La mano de él estaba peligrosamente cerca de la feminidad de Meggie, tan levemente cubierta por los pantalones cortos de raso, provocándole una sensación de dolor y desesperación en la piel. Quería verle el rostro, leer la expresión de sus ojos bajo el antifaz negro. Como si él fuera capaz de leerle los pensamientos, le dio la vuelta y le inmovilizó las muñecas con una sola mano.

—Me aceleras la sangre —le dijo.

Meggie tragó saliva y decidió que ella también podría tomar parte en aquel juego. Levantó la barbilla con un gesto desafiante y lo miró a los ojos.

—Tú haces que me duela el cuerpo.

—Y tú me pones de rodillas.

Meggie vio apetito sexual en los ojos de él, aunque no estaban exentos de ternura. La acariciaba con la mirada, como si supiera precisamente dónde tocarla y cómo atormentarla con dulce y exquisito placer.

—Estás alimentando mis fantasías más prohibidas —susurró Meggie.

—Lo sé.

—Yo también deseo alimentar las tuyas. ¿Cuáles son tus deseos más ocultos, Don Juan? —le preguntó ella, excitada por su propio atrevimiento—. ¿Cómo puedo cautivarte?

Él la estrechó contra su sólido y fuerte cuerpo. Ella inhaló el excitante aroma de un hombre en la flor de la vida. Generaban juntos tanto calor corporal que Meggie casi podía sentir cómo el vapor surgía de su contacto.

—¿No te lo imaginas? Me gusta jugar.

Mientras le acariciaba suavemente el cuello con los labios, Meggie decidió que el anonimato tenía toda clase de beneficios. Al día siguiente, se marcharía por la mañana temprano a Seattle. Todos los habitantes de Bear Creek estaban en el centro social. Nadie sabría nunca que se había perdido en el bosque con Don Juan. Aquél sería el pequeño secreto que compartirían ambos.

—Sin embargo, debemos asegurarnos de que ninguno de los dos hace nada que asuste al otro —afirmó él—. ¿De acuerdo? Nada demasiado extraño.

—Entonces, te gustan las locuras pero no las cosas extrañas.

—Exactamente.

—Nada de sadomasoquismo.

—No.

—¿Ligaduras?

—No, a menos que tú las quieras.

Meggie se lamió los labios.

—Tal vez sólo un poco.

Él se echó a reír.

—Necesitamos una palabra, una señal, por si las cosas van demasiado lejos.

—Tienes razón.

—¿Qué te parece algo sencillo como «ya es suficiente»?

—Muy bien. Si las cosas se nos escapan de las manos y uno de los dos grita «ya es suficiente», el otro se echa atrás.

—De acuerdo.

—Muy bien. Ya hemos establecidos las reglas. ¿Y ahora qué?

Aquélla era la gran pregunta. Los labios de él estaban muy cerca de los de ella. Su cálido aliento flotaba cerca de la boca de Meggie. Quería preguntarle a él lo que iba a hacer a continuación, pero no encontraba las palabras. No habría abierto la boca aunque su propia vida se hubiera sentido amenazada. No podía hacer otra cosa más que esperar la palabra mágica que rompiera el hechizo.

Entonces, él la besó. Tenía los labios cálidos, suaves y perfectos. Sabía besar tan bien... Meggie gimió. Jamás hubiera podido predecir el impacto que el beso de Don Juan tendría en ella ni la respuesta descontrolada de su propio cuerpo. La fricción de aquellos labios daba al traste con todos los sermones que ella misma se había echado sobre proteger su corazón y mantenerse alejada de los chicos malos. Nada de aquello importaba en aquel maravilloso instante, cuando el peor de los chicos malos estaba tentándola tierna y dulcemente con la seda de sus labios. Carecía de defensas contra aquella lánguida seducción. Cuando él la colocó contra el tronco del abeto y la besó más profundamente, perdió por completo el control. Ya no había salida. Ninguna salida.

Asió con fuerza los brazos de Don Juan, que estaban cubiertos sólo por las finas mangas de la camisa. Aunque los antifaces se rozaban cuando se besaban, Meggie no sentía deseo alguno de apartar aquella barricada y dejar su rostro al descubierto. Le gustaba aquella experiencia, anónima, provocativa y osada. Aquel secretismo era precisamente lo que anhelaba. Como Klondike Kate, era una mujer atrevida y seductora que conocía muchos trucos en el terreno del sexo. Como Meggie, era una enfermera de veintinueve años, a la que habían abandonado por una mujer más joven. Quería vivir aquella fantasía aunque sólo durara unas horas. Quería volver a sentirse femenina y deseable.

La ansiosa lengua de él la saboreaba y atormentaba con sus dulces asaltos. Sin poder evitarlo, Meggie buscó saborearlo más profundamente a él. Al notar el delicioso sabor a hombre, a gambas y a vino, se echó a temblar. No debería haberla sorprendido descubrir que era la clase de hombre que se tomaba su tiempo para hacer un buen trabajo. La besaba con escrupulosa lentitud, como si poseyera todo el tiempo del mundo. Parecía decidido a explorar todo lo que la boca de Meggie tuviera que ofrecer, como si estuviera memorizando todos los matices de su sabor y textura. Tal vez así era, porque Meggie estaba haciendo lo mismo. En días futuros, cuando se sintiera sola o deprimida, recordaría aquel momento como si fuera un tesoro y lo repasaría una y otra vez.

Él se apretó contra ella, como si no quisiera dejarle duda alguna de su potente erección, y la inmovilizó contra el árbol. El olor de árbol y hombre se combinaban en una voluptuosa sensación que envolvía el ansioso cuerpo de Meggie. Con el pulgar, Don Juan le trazó la mandíbula, haciendo que la piel se le prendiera. El amplio tórax se apretaba con fuerza contra el delicado cuerpo de ella. Bajo el corpiño, Meggie sintió que los senos se le henchían y que los pezones se erguían contra la tela. El fuerte muslo de él se insinuó ligeramente entre las temblorosas piernas de ella. Meggie sintió cómo el pene se endurecía un poco más al entrar en contacto con la curva de su cadera. El deseo se despertó en sus partes más femeninas. Los antifaces se entrechocaban de un modo enloquecedor. Por un momento, Meggie deseó que ambos pudieran arrancarse los disfraces, pero tenía miedo de lo que pudiera encontrar. Miedo de que él no la deseara cuando el secretismo se hubiera desvanecido.

Cuando Don Juan profundizó el beso aún más, Meggie respondido con un entusiasmo que la aterraba. Nunca había experimentado una pasión tan poderosa, tan espontánea. Nunca había deseado a un hombre con tan descuidado abandono, ni siquiera en sus sueños más salvajes. ¿Qué le estaba ocurriendo a la mujer a la que, hasta aquella noche, nunca le había importado demasiado el sexo? Nada la había prevenido contra aquella hambre tan devoradora ni para tan desesperada y dolorosa necesidad. Se sentía abrumada por la intensidad de lo que estaba ocurriendo. Casi sin darse cuenta, había estado buscando algo que la hiciera sentirse viva de nuevo y allí lo tenía. Con un explosivo beso, Don Juan había despertado sus más secretos anhelos para hacerle desear aún más.

Sin embargo, a pesar de que su cuerpo carente de amor quería saber adónde podría llevarlos aquella irresistible delicia, su mente no dejaba de recordarle que no era la clase de mujer que se dejaba llevar por aventuras de una noche. Ni un disfraz ni un beso, por muy excitante que éste pudiera ser, podrían convertirla en algo que no era.

Como si sintiera el cambio que se estaba produciendo en ella, Don Juan se apartó lentamente de ella. Tenía la respiración acelerada, pero la contemplaba atentamente con sus ojos azules. Los labios le brillaban de la humedad del beso.

—Me has hecho perder el control —le murmuró al oído—. Y me temo que también el corazón.

Meggie se recordó que aquello era parte

del juego. En realidad, aquellas palabras no significaban nada. Sólo se trataba de una atracción animal, pura y simplemente. Ella no estaba preparada para nada más. Para demostrarlo, tomó la mano de él y se llevó el índice a los labios. Deliberadamente, se lo introdujo lentamente en la boca. Él gimió de placer.

El terciopelo de la lengua de Klondike Kate lo volvió loco. Era tan sensual... El pene le abultó aún más los pantalones, amenazando con desgarrárselos. No podía soportar aquella tortura ni un minuto más.

Ella lo miró. Caleb vio cómo las pupilas se le dilataban con un desnudo y desesperado deseo. Salvajemente. Lo mejor de todo era que desconocía que él era el acaudalado soltero de Bear Creek. No lo deseaba por su dinero ni por lo que él pudiera comprarle. Incapaz de dejar escapar aquel momento sin dejarse llevar por una de sus fantasías, le acarició suavemente la barbilla y el cuello, preguntándose cómo sería su rostro bajo aquella máscara.

Estaban cara a cara, torso contra torso. El deseo nublaba los ojos grises verdosos de aquella mujer.

Caleb levantó la mano para acariciarle el cabello. Los dedos estuvieron a punto de temblarle por la tensión que se estaba acumulando dentro de él. De repente, ella le detuvo la mano.

—No. No lo hagas —dijo.

—¿Por qué no?

—Es una peluca.

—¿De qué color tienes el pelo en realidad?

—No estropeemos la fantasía.

—Muy bien.

La tomó entre sus brazos y volvió a poseer aquella deliciosa boca. Ella respondió igual de ávidamente, incrementando así la libido de Caleb con cada caricia de su lujuriosa lengua. Con los dedos, Klondike Kate le trazaba círculos sobre el rostro y cerca de los bordes del antifaz. Él sentía los latidos constantes del corazón de aquella mujer. De repente, al mirarla a los ojos, se sintió presa de su embrujo.

Juguetonamente, Klondike Kate le mordisqueó el labio inferior y lanzó un gruñido que hizo trizas el autocontrol de Caleb.

—Necesito... —susurró ella. No dijo nada más. No hacía falta porque él la entendía perfectamente.

—Lo sé.

La excitación que él sentía igualaba a la de ella. Aquel juego intrépido había generado un deseo en él que podría no verse nunca saciado. Sabía sin ayuda de palabras que ella sentía lo mismo.

Klondike Kate separó los labios. No dejaba de mirarlo fijamente, como si se sintiera hipnotizada. Lentamente, levantó la mano y le trazó suavemente el contorno de la boca. Aquellas caricias de terciopelo provocaron una potente reacción en él. Como seguramente habría hecho el verdadero Don Juan, aprovechó la situación y se dejó llevar por sus instintos masculinos. Volvió a besarla. Suave, lenta y dulcemente. Sabía que si no manejaba la situación con cuidado, su autocontrol se haría añicos. Sin embargo, era imposible no saciar el deseo con duro y espontáneo placer.

—La cabaña de los patinadores —susurró ella.

—¿Qué?

—He visto que hay una cabaña de patinadores cerca del estanque. Seguro que está vacía en esta época del año y será mucho más cómoda que el suelo del bosque.

Él la miró incrédulo.

—¿Estás diciendo lo que creo que estás diciendo?

Ella se agachó para recoger su bolso. Se lo metió debajo del brazo y volvió a mirarlo a los ojos.

—Tómame —respondió.

Capítulo cuatro

LA levantó entre sus brazos y atravesó con ella el bosque en dirección al claro. Todo parecía un sueño, un romance de cuento de hadas aunque, por supuesto, sin el final de cuento de hadas. No importaba. Meggie ya no creía en los finales felices. En lo único que creía era en vivir el momento. Lo único que deseaba era sexo arrebatador y cuanto más mejor. Quería demostrar de una vez por todas que no era mala en la cama. Deseaba explorar, experimentar y disfrutar. Anhelaba alcanzar su máximo potencial como mujer. Las botas de él resonaban sobre los escalones de madera de la cabaña. Meggie extendió la mano y abrió la puerta. Don Juan atravesó el umbral con ella en brazos, como si fuera virgen y recién casada, como si fuera la mujer a la que adoraba y amaba.

La cabaña, que no tenía electricidad hasta que el estanque se helaba durante el invierno y Caleb o uno de los otros naturalistas llevaran un generador, estaba en la más completa oscuridad.

Don Juan la puso de pie sobre el suelo.

A pesar de que la luz de luna bañaba el interior de la cabaña, Meggie casi no podía distinguir la silueta de un sofá que había contra la pared. Entonces, él cerró la puerta y sumió la sala en una negrura tan profunda que Meggie contuvo el aliento. Aquella total oscuridad la desorientaba. Era demasiado densa, demasiado absoluta.

El aroma de él la envolvía, ahogando así el olor a cerrado que reinaba en la cabaña. Lentamente, Don Juan la tomó de la mano y la llevó hacia el sofá. Los dos supieron que habían llegado a su destino cuando las piernas rozaron la tapicería. Él la obligó a sentarse y luego se apartó.

—¿Don Juan? —dijo ella. El miedo y la excitación le recorrieron todo el cuerpo.

Nada. Meggie respiró profundamente. La tapicería era de cuero y resultaba fría y suave contra la piel de su trasero. Se esforzó por escuchar algún sonido que indicara que él se estaba moviendo.

—¿Sigues aquí?

Nada.

De repente, una pesada mano le cayó sobre la rodilla derecha. Meggie se sobresaltó. Como no veía ni oía nada, la mano parecía una entidad en sí misma, como si fuera el roce de un fantasma salido directamente de sus alucinaciones eróticas. Unos cálidos dedos comenzaron a deslizársele por el interior del muslo.

Ella se tensó, sin saber bien si se trataba de anticipación o de aprensión. De hecho, nada parecía real aunque, al mismo tiempo, el cuerpo le vibraba con una potente intensidad producto de las caricias que estaba sintiendo en la piel.

La mano siguió subiendo, pasando a acariciarle la tela del corpiño para llegar de inmediato a la cintura. Finalmente, se detuvo para acariciarle los atormentados senos a través de la rígida tela de encaje.

Meggie no podía tolerar aquella espera. Tenía que participar en aquel exquisito acto de seducción. Extendió las manos y encontró el torso de Don Juan. Al notar la piel sedosa y el fuerte tórax, comprendió que él se había quitado la camisa. Hundió los dedos en el suave vello. La extrañeza de aquel cuerpo masculino acrecentó las oscuras fantasías que le habían cobrado vida en el pensamiento.

Efectivamente, la textura de la piel, la escultural configuración de la musculatura resultaban desconocidas, aunque no por ello menos deseadas. Estaba a solas con su amante desconocido en el interior de una cabaña en medio del bosque. Su cuerpo, normalmente bastante taciturno, había cobrado vida de un modo salvaje y reclamaba más misterio, más suspense. No conocía ni las caricias ni al hombre que las había proporcionado. Tanto desconocimiento le gustaba.

Dejó que las manos vagaran, aprendiendo el cuerpo de aquel desconocido por el sentido del tacto. Tenía la carne húmeda y caliente. Su pesada respiración llenaba los oídos de Meggie y la animaba a seguir acariciando los hombros y el torso de su Don Juan. Él, por su parte, comenzó a desabrocharle los minúsculos corchetes del corpiño.

Meggie no dejaba de explorarlo, de tocarlo a placer. Sentía una energía en estado puro que le manaba de los poros. Él le quitó la capa y dejó que el corpiño se abriera completamente por la espalda. Entonces Meggie sintió sus húmedos y cálidos labios sobre la clavícula.

—¿Estás segura de que es esto lo que deseas? —le preguntó él—. ¿Deseas yacer conmigo?

—Estoy segura.

—No me gustaría que te lamentaras.

—Te prometo que no lo haré.

—¿Qué te gustaría? Quiero agradarte.

—Estar contigo y jugar a esto me agrada.

—Necesito más información. Necesito algo más específico.

—¿Como qué? No estoy segura de a qué te refieres.

—Sobre dónde debería tocarte y cómo. ¿Suave, bruscamente? ¿Lenta, rápidamente?

—Lo que sea —gimió ella. Se arqueó contra el cuerpo de él. Efectivamente, deseaba experimentarlo todo—. Todo.

—Eres una mujer muy aventurera.

—Gracias a ti, ahora lo soy.

—¿Por dónde empezamos? —murmuró él.

—Besos. Muchos besos…

—Mmm… —musitó él. Se la colocó en el regazo, de manera que ella estaba mirando hacia el frente, de espaldas a él, sentada a horcajadas sobre sus piernas—. Un buen comienzo.

Entonces, durante lo que pareció un gozo eterno, Don Juan la besó. Breves y aterciopelados besos en la nuca, en los hombros, espalda abajo… Meggie echó la cabeza hacia atrás para que él pudiera besarle la mandíbula, la oreja, la garganta…

A continuación él cambió de posición, de modo que los dos quedaron frente a frente en la oscuridad. El considerable bulto que tenía en la entrepierna se hizo más duro cuando se enfrentó a la feminidad cubierta de seda de Meggie. No dejaba de darle largos y húmedos besos en los labios, en la barbilla y en la base del cuello. Fue bajando poco a poco, colocándola para su comodidad a medida que lo hacía. Primero besaba, luego lamía y por último estableció con suaves mordiscos un sendero que iba del cuello a los pezones, para seguir bajando por el abdomen hasta llegar al liso vientre. Meggie terminó tumbada en el sofá, con el fuerte cuerpo de él sobre el suyo, con una pierna a cada lado de sus caderas.

—No es justo —susurró Meggie—. Ahora me toca a mí torturarte. ¿Qué te gustaría?

—Dime frases atrevidas —respondió—. Descríbeme exactamente lo que te gustaría que te hiciera.

—Dios mío...

Meggie se sintió palidecer. No estaba segura de que su desinhibición llegara a tanto.

«Aburrida en la cama». De repente, aquellas palabras malintencionadas le resonaron en el interior de la cabeza.

«Hazlo. Dile lo que deseas». Meggie comenzó a jadear al tener ese pensamiento.

—Dímelo —insistió él, con un tono de voz autoritario que la excitó aún más.

—Yo... No puedo.

—¿Por qué no?

—No sé cómo.

—Abre la boca y dime las palabras —replicó él. Meggie dudó—. ¿De qué tienes miedo?

—De no hacerlo bien —confesó ella.

—¿Y por qué crees eso? —quiso saber

Don Juan. Ella se encogió de hombros—. Déjame adivinarlo. Has estado con algún imbécil que te ha hecho dudar de lo deseable que eres.

—Me dijo que era muy aburrida en la cama.

—¿Aburrida? ¿Tú? Te aseguro que eres cualquier cosa menos aburrida. Venga, dímelo.

—No tengo valor.

—Claro que lo tienes. Déjame que oiga lo que deseas.

«Finge que eres Klondike Kate. Ella no es aburrida. Olvídate del pasado. Piérdete. Esto no es real. Es sólo un sueño. Actúa».

—¿Qué es lo que deseas? —reiteró él, con un fuerte acento español.

Aquello sirvió para que Meggie se sumergiera completamente en la fantasía. Podía hacerlo. Podía demostrar que era valiente, excitante y muy salvaje sexualmente. Tragó saliva.

—Quítame los pantalones.

—Bien… Eso está muy bien…

En un abrir y cerrar de ojos, él le quitó los pantalones. Meggie se echó a temblar cuando una ráfaga de aire refrescó su caldeada piel.

—¿Y ahora qué? —preguntó él.

—Tócame.

—¿Dónde?

—Ahí abajo.

—¿Ahí abajo dónde?

—Ya sabes...

—¿Aquí? —preguntó. Suavemente le enredó los dedos entre los rizos de la entrepierna.

—Más abajo —susurró ella. Estaba jadeando tan fuertemente que casi no podía hablar.

Él deslizó tres dedos sobre el suave montículo de su feminidad y los dirigió hacia el sensible centro de la misma. Un dedo fue hacia la izquierda, otro a la derecha y el otro directamente hacia el centro.

—¿Aquí? —quiso saber él. Ella asintió a duras penas—. ¿Quieres que siga?

—Mmm... —gimoteó ella.

—Dilo.

—Yo... yo...

—Tienes que decírmelo o no va a ocurrir.

«¡Dilo, Meggie!». ¡Qué riesgos estaba tomando! ¡Qué cosas estaba aprendiendo sobre sí misma! Ya no volvería a ser aburrida.

—Quiero sentir tus dedos dentro de mí —confesó, sorprendiéndose.

Él obedeció y le introdujo el dedo corazón. Meggie gimió de placer y le agarró el cabello con las manos.

—Estás tan húmeda... —susurró él—. Y... tan caliente...

Meggie tensó los músculos alrededor del dedo de él, haciendo que Don Juan también gimiera de gozo. Él se inclinó de nuevo sobre su rostro, dejando que su inquisitiva boca buscara la de ella al igual que el dedo investigaba infatigablemente su delicado interior. Cuando ella arqueó la pelvis contra la mano, sonrió de satisfacción.

Caricias, frotaciones, masajes... La presión se iba incrementando en el interior del cuerpo de Meggie. Se sentía igual que un globo, que se iba hinchando más y más, hasta el punto que un poco más de aire sería capaz de hacerlo estallar... Entonces, él se detuvo y retiró la mano.

Meggie gritó de pura desesperación.

—No me tortures así.

—¿Quieres que te dé un orgasmo? —preguntó. Como respuesta, ella movió las caderas y gimoteó—. Dímelo.

—Quiero que me des un orgasmo. Por favor, por favor. Ahora mismo.

Caleb sintió que su ego se acrecentaba. Tiernamente, le mordió el labio inferior mientras movía el dedo hacia dentro y hacia fuera, entrando y saliendo de aquella maravillosa suavidad. Los gemidos de placer de ella fueron haciéndose más fuertes, llenando aquella oscuridad y haciendo resonar los oídos de él con su espléndido sonido.

La lengua de ella se entrelazaba con la de él. Los senos le temblaban. Las caderas se ondulaban alocadamente. Cuando Caleb le deslizó un segundo dedo en el interior, ella dejó de respirar momentáneamente. El cuerpo se le tensó. Él sintió que estaba a punto. Tenía los músculos tensos. Cuando le tocó el clítoris con el pulgar, ella dejó escapar un gozoso sonido de placer.

—No... pares —suplicó. Tenía la voz ahogada con las primeras oleadas del clímax—. Oh, oh, oh...

Entonces, llegó a la cima del placer. Los músculos empezaron a sacudirse con movimientos espasmódicos alrededor del dedo de Caleb. El trasero se le arqueó sobre el sofá. Él jamás había visto algo tan hermoso. Sintió que el pecho se le llenaba de una indescriptible emoción. Sentía tanta satisfacción como si él mismo hubiera experimentado tanto placer. Aquél había sido precisamente su propósito. Dar placer a aquella hermosa mujer y ayudarla a deshacerse de los demonios que la perseguían. Sin saber cómo, había comprendido que ella lo había seguido al bosque para encontrar un tónico para sus heridas. Se sentía muy feliz por habérselo proporcionado.

Se había quedado inerte contra él. Caleb la abrazó y le murmuró dulces palabras en un español inventado, escuchando cómo el corazón se le iba tranquilizando. Se sentía completamente saciado, hasta el punto de que cuando ella levantó la mano en la oscuridad para acariciarle la barbilla y le dijo que le tocaba a él, negó con la cabeza.

—No.

—¿Por qué no? —preguntó ella, incorporándose contra su pecho.

Caleb frunció el ceño. En realidad llevaba algún tiempo preocupándolo, justo desde que a ella se le había olvidado hablar con el acento de Klondike Kate. Aquella voz le resultaba muy familiar. ¿Acaso la conocía?

—Preferiría esperar.

Se dio cuenta de que era cierto. Quería volver a verla y se temía que si consumaban su pasión nunca lo haría. Sin embargo, si la dejaba deseando más... ¿Quién sabía el tiempo que podría durar aquel juego?

—¿Esperar? —preguntó ella, con un cierto pánico en la voz—. ¿Esperar a qué? Yo no quiero esperar.

La tenía exactamente donde quería. Le tomó la mano y la estrechó con fuerza entre las suyas, a pesar de que ella trató de soltarse.

—Quiero volver a verte —dijo, seguro de

que el hormigueo que tenía en la entrepierna terminaría por desaparecer.

—No —repuso ella, recuperando de nuevo su acento de Klondike Kate—. Se supone que esto es una aventura de una noche. Quítate los pantalones.

—Relájate. No hay nada que temer.

—No lo comprendes. Yo no quiero nada de ti. Sólo sexo.

—Yo no estoy diciendo que quiera algo más —afirmó él. Sin embargo, sintió un vuelco en el estómago. Si era sincero, quería ver adónde podría llevarlos aquella atracción, ver si el fuerte deseo sexual los llevaba a compartir algo más profundo—, pero creo que posponer un poco más la seducción haría que el momento fuera mucho más memorable cuando por fin llegáramos a consumarla.

—A mí no me parece buena idea.

—¿Por qué no?

—Esta noche nos han vencido las hormonas, la luna llena y los disfraces. Todo ha sido mágico y especial. ¿Por qué estropearlo? Hazme el amor ahora y luego me marcharé. Dejemos que esto sea sólo una maravillosa fantasía.

—No puedo aceptarlo. Debo volver a verte —insistió—. Tengo que saber más sobre ti.

—Imposible.

—¿Por qué? —protestó. De repente, una fea sospecha lo heló por dentro—. ¿Estás casada?

—No.

Caleb respiró aliviado. Gracias a Dios. No quería arruinar ningún hogar.

—Entonces, ¿por qué negarnos este placer?

—Por simple logística, mi querido Don Juan. Me marcho mañana por la mañana.

—¿No eres de Bear Creek?

—No.

—Lo siento, pero no puedo dejar que te marches —replicó, agarrándole con más fuerza la mano.

—Por favor, Don Juan. Esto no ha sido nada más que un juego extravagante. Los dos nos hemos excitado, pero no es más que eso. Por favor, déjalo estar.

—Es mucho más que un juego y lo sabes.

—No lo es —insistió ella.

—Muy bien —dijo, tratando de encontrar algo que pudiera decirle para que ella cambiara de opinión—. Déjame que te ayude a vestirte y te acompañaré a la fiesta.

Varios minutos más tarde los dos volvían a estar vestidos y atravesaban el bosque de la mano. El cuerpo de Caleb estaba aún tenso por el deseo, pero no hacía más que tratar de encontrar un modo de convencerla para que se vieran una segunda vez. Aquella aventura no podía terminar de un modo tan decepcionante.

La condujo a un campo iluminado por la luna, no lejos del centro social, en el que aún seguía la fiesta. Se detuvo, la estrechó contra su cuerpo y observó el rostro imperturbable que permanecía oculto tan dramáticamente bajo el antifaz de plumas.

—¿Y si yo fuera al lugar en el que vives? Tengo que viajar mucho por motivos de trabajo —mintió, sin dejar de utilizar el acento de Don Juan—. ¿Te podría ver entonces?

—Tal vez... No lo sé.

—Has comprendido que esto ha sido algo especial, ¿verdad? —dijo él, más esperanzado—. ¿Con qué frecuencia te has sentido así?

—No estoy segura de que sea buena idea.

—Piensa en lo mucho que nos podríamos divertir.

—¿Me juras que será sólo diversión? ¿Nada más? Yo no quiero nada más.

—Nada más —prometió él. En aquel momento, habría sido capaz de prometerle cualquier cosa.

—Hago esto en contra de lo que me dicta mi sentido común, pero tienes razón —admitió ella—. Nunca he sentido nada como lo que ha ocurrido entre nosotros esta noche. Has hecho que me sienta una mujer deseable.

—Es que lo eres.

—Bien, te propongo un trato —dijo ella, después de tragar saliva—. Te susurraré mi número de teléfono y si puedes recordarlo, te doy permiso para llamarme.

—Nena, te aseguro que nunca podría olvidarlo —susurró. Ella le susurró el número. ¿Cómo has dicho? —añadió él. Estaba seguro de que había oído mal—. Por favor, repítemelo.

Ella lo hizo. Caleb sintió que se le helaba la sangre. El mundo se detuvo para él. No hacía más que pensar en aquella dulce voz pronunciando aquellos números. Lo comprendió todo. Conocía aquel número. Lo había marcado muchas veces a lo largo de los años.

—Buenas noches —musitó ella—, y, si no vuelvo a verte más, adiós. Siempre recordaré el maravilloso momento que me has dado en la cabaña, Don Juan. Gracias.

Entonces, sin decir más, se dio la vuelta y se dirigió hacia el centro social.

Caleb se quedó literalmente sin palabras. La cabeza le daba vueltas. Ya sabía quién era ella. No era de extrañar que su voz le hubiera resultado familiar. Comprendía perfectamente por qué se había sentido tan atraído por ella.

Era la mujer que había dominado sus fantasías a lo largo de la adolescencia. La misma mujer que había estado casada con su hermanastro Jesse.

Klondike Kate, la dama sobre la que acababa de efectuar sus maniobras sexuales, no era otra que el amor no correspondido de su infancia. Meggie Scofield.

Capítulo cinco

—¡DIOS santo, mujer! ¡Me encanta este cabello! —exclamó Wendy Roseneau, la vecina y amiga de Meggie desde hacía cinco años.

Habían pasado tres días desde que regresó a Seattle. Wendy, una mujer de ojos castaños, cabello rubio teñido y un lunar sobre el labio como el de Cindy Crawford, se colocó las manos sobre las caderas y asintió con un gesto de aprobación cuando Vincent, el moderno estilista de En Avant!, la peluquería más vanguardista de Seattle, comenzó a darle los últimos toques al atrevido peinado de Meggie.

—Tu amiga tiene razón, querida. Estás absolutamente arrebatadora —afirmó Vincent.

¿Arrebatadora? ¿Ella? Claro que sí. ¿Por qué no iba a estarlo?

—Necesitabas un cambio desesperadamente —prosiguió Vincent—. Ese corte de pelo tan tradicional que llevabas era demasiado retro. Me alegro mucho de que me hayas elegido a mí para tu transformación. Eres mi obra maestra, mi musa. Mi Mona Lisa.

Vincent era un poco exagerado, pero, efectivamente, no le faltaba razón. La metamorfosis había sido espectacular. Meggie se miró al espejo. La diferencia de su aspecto era asombrosa. El estilo de cabello, corto y capeado, no sólo le adelgazaba el rostro y acentuaba sus ojos verdes, sino que también le daba un aire actual y dinámico. Parecía exactamente la clase de mujer que vivía la vida al máximo. Era exactamente lo que había estado buscando cuando se sentó en el sillón de Vincent y le pidió que creara una imagen nueva, salvaje e independiente, para ella.

—¡Guau! —murmuró mientras levantaba un dedo para tocarse el cabello—. Guau...

—Ni que lo digas —asintió Wendy—. Deberías haberte divorciado hace años. Decididamente, la libertad te sienta bien.

—No es sólo el divorcio —le confesó Meggie mientras le daba una propina tan grande a Vincent que éste estuvo a punto de empezar a ronronear.

Normalmente, no era la clase de mujer que hablaba de su vida amorosa, pero no podía olvidar los detalles de su erótica noche con Don Juan.

—¿No? —preguntó Wendy, muy interesada—. Me huelo una historia bastante jugosa. ¿Qué te ha pasado?

—Vamos. Te lo contaré más tarde.

Mientras tanto, me voy a ir a comprar un nuevo guardarropa a La Chic Freak.

—¿Tú? —exclamó Wendy, atónita—. ¿A La Chic Freak?

—Sí. Me he decidido por el cuero, el encaje y las cadenas. ¿Y quién sabe? Tal vez hasta me haga un tatuaje.

—Dios santo… Creía que no viviría para ver el día en el que decidieras reconocer tu potencial y te rebelaras contra esa imagen de buena chica que te ha mantenido atrapada durante tantos años. Me siento tan orgullosa de ti, Meggie —concluyó Wendy, antes de darle un cariñoso abrazo.

—Yo también —afirmó Vincent—. Muy bien, cielo.

Meggie nunca se habría imaginado que todo el mundo estuviera esperando que se soltara el pelo. Aquella semana había sido fuente de un profundo autodescubrimiento. La noche que había pasado en la cabaña de los patinadores con Don Juan había sido la experiencia más liberadora de toda su vida. Desde entonces, sentía que había cambiado de un modo que no podía explicar. Un modo en el que echaba de menos todo lo que se había perdido. ¿Por qué había escondido su luz todos aquellos años? Ya no iba a hacerlo más. Desde aquel momento, todo iba a ser muy diferente.

Wendy y ella se marcharon del salón de peluquería y se dirigieron a La Chic Freak. Una hora más tarde, Meggie salió ataviada con una blusa roja y una minifalda de cuero del mismo color, tan corta que hasta Klondike Kate se habría sonrojado. En las manos, llevaba una bolsa con más prendas igual de intrépidas.

—Muy bien —dijo Wendy—. Ya no nos oye nadie. Cuéntamelo todo. ¿Qué diablos te ocurrió en Alaska?

—Conocí a un hombre maravilloso —respondió Meggie, tratando de no sonreír de satisfacción.

—¡Venga ya!

—Es cierto.

Wendy dejó de caminar y se golpeó la frente con la palma de la mano.

—No, no, no. Por favor, dime que no es así.

—¿Cómo dices? —preguntó Meggie. Se sentía perpleja—. Pensé que te alegrarías de que hubiera conocido a alguien.

—Sí, tal vez dentro de un año o así me alegre. Todavía no. Es demasiado pronto después de tu divorcio, querida.

—Llevo seis meses divorciada.

—No creo que pueda salir nada bueno de esa relación. Él no es más que un hombre de transición. Un arreglo temporal. Necesitas vivir un poco antes de volver a tener una relación.

—Dame un poco de crédito, ¿quieres? Lo sé perfectamente. ¿Por qué crees que me he hecho este corte de pelo y me he comprado ropa nueva? Créeme, lo que tuve con Don Juan no fue más que una aventura.

—¿Don Juan? Oh, por favor, dime que estás bromeando.

—Tranquilízate. Don Juan no es su verdadero nombre y, además, nunca volveré a verlo.

—¿Tú? ¿Me estás diciendo que tú tuviste una aventura de una noche con un hombre? No es que retozar encima del heno de vez en cuando tenga nada de malo, pero nunca pensé que tú precisamente...

—Y no sólo eso —susurró Meggie—. Ni siquiera sé su verdadero nombre.

—¿Qué?

Dejando a un lado los detalles más íntimos, Meggie le contó a Wendy todo lo referente a Don Juan, la fiesta de disfraces y la cabaña del bosque.

—Por lo que dices, parece que hubo mucha química sexual entre vosotros —dijo Wendy cuando Meggie hubo terminado—. Esa clase de pasión resulta muy difícil de ignorar, particularmente con un tipo ha hecho que te sientas tan especial. Yo también he pasado por eso y he salido chamuscada, te lo aseguro. Ten cuidado, cielo. No me gustaría verte sufrir.

—No te preocupes. Él tampoco sabe mi nombre. Fuimos como dos barcos que se cruzaron en la noche.

—Bueno —comentó Wendy mientras reanudaban la marcha y se dirigían al lugar donde habían aparcado el coche—. Tal vez tengas razón. Tal vez eso era justo lo que necesitabas. Ciertamente, apruebo los cambios que se han producido en ti.

—Te juro que fue justo lo que necesitaba. Nunca me he sentido tan libre. Es como si hubiera desenterrado una confianza en mí misma que ni siquiera sabía que tenía.

—¿Y prometes que no vas a volver a ver a ese tipo?

—Te lo prometo.

—Está bien. Mientras no sientas la tentación de embarcarte en una relación con un hombre al que no conoces sólo porque el sexo es estupendo…

—Claro que no.

—En ese caso, enhorabuena por sobrepasar los límites de tu imaginación.

—Gracias.

A pesar de todo, una vocecilla le recordó a Meggie que no estaba siendo del todo sincera con su amiga. Le había dado a Don

Juan su número de teléfono. Sin embargo ¿qué posibilidades había de que él recordara el número? Y, si lo recordaba, ¿quién decía que iba a llamarla cuando fuera a Seattle? Las apuestas a su favor eran muy reducidas. Estaba a salvo con sus recuerdos de una noche de lujuria. No tenía que preocuparse. Lo único que le importaba era explorar el espíritu aventurero que acababa de encontrar, fuera cual fuera la forma que éste adoptara. Corte de pelo nuevo, ropa nueva, nuevas experiencias...

Y hablando de nuevas experiencias...

Se detuvo delante del estudio de baile que había entre La Chic Freak y En Avant! A través de la ventana, observó cómo un grupo de mujeres ataviadas como bailarinas del vientre realizaban una serie de seductores movimientos.

Llevaba mucho tiempo deseando tomar clases de danza del vientre, pero como Jesse se había reído de ella cuando trató de hacerle un striptease, Meggie se había sentido tan avergonzada de su cuerpo que había decidido dejar a un lado la idea.

Al diablo su ex y sus estúpidas opiniones. Gracias a Don Juan, estaba mucho más dispuesta a dejarse llevar por la aventura.

Llena de decisión, abrió la puerta del estudio de baile.

—¡Eh! —le dijo Wendy—. ¿Adónde vas?

Meggie miró por encima del hombro a su amiga y sonrió.

—A sobrepasar los límites de mi imaginación.

—¿Puedo hablar contigo en mi despacho? —preguntó Jenny Arbenoit, la jefa de Meggie, tres semanas más tarde de que ésta saliera de compras con Wendy.

—Por supuesto —respondió Meggie, preguntándose lo que ocurriría.

No creía haber cometido ningún error en los últimos días, pero podría ser que se hubiera excedido con su recién encontrada confianza. Había dejado de acceder a todos los caprichos de los médicos y también había comenzado a tomar más decisiones basadas en su propio juicio sin pedirles opinión a sus colegas como solía hacer antes. Se le hizo un nudo en el estómago.

La tarde era tranquila en Urgencias. Las enfermeras habían estado disfrutando de un pequeño respiro, al contrario de lo ocurrido a principios de semana, cuando se habían visto desbordados por casos de niños con fiebre muy alta, con síntomas parecidos a los de la enfermedad de Lyme. Meggie estaba poniéndose al día con el papeleo cuando

Jenny la llamó.

Con la boca seca y dispuesta a ofrecer una disculpa, siguió a Jenny a su despacho.

—Siéntate —le dijo su jefa mientras cerraba la puerta.

Algo nerviosa, Meggie tomó asiento.

—Meggie, desde que te incorporaste después de tu baja, he notado un cambio en ti.

—Señora Arbenoit, si he hecho algo...

—Por favor, déjame terminar —la interrumpió Jenny—. Varios de tus compañeros también me han hecho comentarios sobre tu nueva actitud. Siempre has sido una buena enfermera, pero hasta estas últimas semanas te había faltado la seguridad en ti misma que te podría suponer un ascenso.

—¿Cómo dice?

—Tu ejemplar actuación durante esta última crisis pública no les ha pasado desapercibida a los médicos. Has asumido más responsabilidad y te has revelado como una excelente profesional. Por eso, esperamos que aceptes un puesto en la junta de educación sanitaria de la comunidad. ¿Crees que te podría interesar?

—Por supuesto que sí —respondió Meggie, entusiasmada. Le encantaba enseñar a los pacientes y aquélla era una maravillosa oportunidad para darle un empujón a su carrera.

—Excelente —dijo Jenny, extendiéndole la mano—. Estoy deseando trabajar en la junta contigo.

—Gracias.

Meggie estrechó la mano de su jefa con el corazón lleno de orgullo. Se le había ofrecido un nuevo trabajo por haber incrementado la seguridad en sí misma. Una deuda de gratitud más que tenía con Don Juan.

Caleb miró por la ventana del puesto de los rangers para contemplar la vasta llanura cubierta de nieve. Habían pasado seis semanas desde la fatídica noche en la que descubrió que su amante no era otra que la mujer que había ocupado sus fantasías de adolescente. Seis semanas desde que su mundo se había puesto completamente patas arriba. Por primera vez en su vida, la naturaleza a la que amaba tan profundamente le parecía un lugar desolado y solitario.

La ausencia de Meggie provocaba que todo resultara aburrido y vacío. Realizaba su rutina diaria, pero nada lo alegraba. Sin mucha energía, rebuscó en uno de los bolsillos de su uniforme verde y sacó una fotografía que había rescatado de un viejo álbum familiar, una fotografía que Jesse les había hecho a Meggie y a él en la única ocasión que él había ido a Seattle a visitarlos.

Había sido el día de Nochebuena. Meggie y él estaban sentados juntos en el sofá. Caleb tenía puesto un gorro de Santa Claus y ella tenía una cinta azul de los regalos engalanándole el cabello. Habían bebido demasiado y Meggie le había colocado un brazo sobre los hombros y sonreía muy mona a la cámara. Caleb la había estado observando con tal admiración que era un milagro que ni Jesse ni ella se hubieran dado cuenta. De hecho, ni él mismo se había dado cuenta antes de lo desesperadamente enamorado que parecía.

Se había dicho que había superado su amor de adolescencia. ¡Ja! Con sólo mirar aquella foto comprendió que se había estado mintiendo durante años. Tal y como había hecho desde el día en el que descubrió que Klondike Kate era en realidad Meggie, acarició suavemente la fotografía y murmuró su nombre.

Recordó la última vez que la vio, vestida con aquel corpiño escarlata y la peluca pelirroja. Pensó en su dulce esencia y su imaginación le proporcionó el aroma que estaba buscando: jabón de jazmín, champú de fresa y un toque del perfume Obsession.

No se detuvo con los recuerdos olfativos. Pensó en las pecas color canela que le decoraban la clavícula y en sus inteligentes ojos verdes, del color de la verde hierba del verano. Soñó con sus suaves y femeninas curvas, con el sabor cremoso de sus labios y en el tacto de su cuerpo entre los brazos. En el modo en el que ese cuerpo había respondido a las caricias que él le proporcionaba. En un abrir y cerrar de ojos, se vio transportado a aquella maravillosa noche.

Lenta, tiernamente, él le quita la máscara de plumas rojas y la peluca pelirroja para dejar al descubierto el cabello negro como el carbón. Ella no se resiste. No se avergüenza de que él le vea el rostro. Cuando él se quita también su antifaz, no se muestra alarmada o disgustada. Él contiene el aliento, completamente abrumado. El corazón le late apresuradamente por lo fácilmente que ella acepta su papel de amante.

Lo desea. De hecho, levanta los brazos hacia él con una tentadora sonrisa en los labios. A continuación, comienza a desabrocharse el corpiño. Un corchete. Otro. Otro más, hasta que el tieso encaje queda abierto justo debajo del dulce abultamiento de sus pechos. La fresca brisa de la tarde provoca que los pezones se le tensen hasta adoptar la forma de rosados y puntiagudos capullos.

Cierra los ojos. Los mechones de cabello

negro se le rizan sugerentemente en la frente. Separa los labios. Levanta la barbilla.

La sangre de él está en ebullición. La necesidad se ha apoderado tan fuertemente de él que no sabe si podrá controlarse. Sin embargo, debe hacerlo. Por el bien de ella. Por mucho que su propio cuerpo anhele un frenético acoplamiento, no se rendirá a los instintos que se abren paso dentro de él. Aún no.

No obstante, parece que ella se siente tan desesperada como él. Abre los ojos, le agarra la pechera de la camisa y se la desgarra. Le extiende las manos sobre el torso y entonces, salvajemente, le clava las uñas en la carne. El aliento le sisea entre los dientes apretados como un sugerente chisporroteo.

Su pene se aprieta contra la bragueta de los pantalones. Bruscamente, él le agarra las muñecas y se las inmoviliza por encima de la cabeza.

—¿Es así como lo quieres? ¿Rápido y brusco?

Como respuesta, ella simplemente gruñe y levanta la cabeza para mordisquearlo en la garganta. Él reclama la boca de su amante con un duro beso que los deja a ambos luchando para tomar aire. Desliza los dedos sobre los brazos de ella hasta llegar a los senos desnudos. Ella tiembla ante tan suaves caricias, confusa pero encantada al mismo tiempo con aquel cambio de táctica.

Con mucho cuidado, él le desabrocha el corpiño completamente y se lo abre hasta que el liso vientre queda al descubierto. Rápidamente, hace lo mismo con los pantalones, aunque éstos se le enganchan en los tobillos. Ella lo ayuda y con una patada los manda a la oscuridad. Entonces, comienza a ondular las caderas de un modo incansable, llamándolo para que se tumbe sobre ella. Cuando él baja la cabeza y toma uno de los erectos pezones en los labios, un gemido profundo y gutural se le escapa a ella de los labios.

Él desliza las manos por las suaves y firmes llanuras del cuerpo de ella, explorando cada centímetro de su piel. Es el sueño de cualquier hombre. La mujer digna de cualquier fantasía y, al final, es suya. La desea tan desesperadamente que casi no puede pensar, pero, al mismo tiempo, quiere hacer que la noche dure durante una eternidad. Le toma las caderas con las manos y la levanta un poco. Ella se frota contra la potente erección.

—Quítate los pantalones —le ordena—. Ahora. Quiero verte. Tocarte. Saborearte.

Al pensar que ella va a chuparlo, está a punto de tener un orgasmo allí mismo, pero se controla, a pesar de lo difícil que aquella maravillosa mujer le está haciendo la tarea. Está lamiéndole el torso mientras él lucha por desabrocharse los cordones de los pantalones.

Por fin está desnudo. Los pantalones han ido a parar a algún rincón de la vacía cabaña y los dedos de ella... ¡Oh, aquellos dedos tan sugerentes!... se enredan alrededor del pene.

—Me he pasado la vida esperándote —susurra—. Tómame, Caleb. Hazme tuya...

—¡El correo!

La voz de Quinn Scofield resonó en la cabaña. Sus pisadas terminaron de sacar a Caleb de su ensoñación. ¡Maldición! Había estado fantaseando con la hermana pequeña de su mejor amigo y, en aquel momento, entraba Quinn por la puerta principal.

Caleb tiró la fotografía, agarró unos potentes prismáticos de la mesa y se los puso en el regazo para ocultar la erección que tenía.

—Eh, Greenleaf —dijo Quinn entrando muy sonriente en la cabaña—. ¿Qué ocurre?

—Buenos días, Scofield. No tenías que haber venido hasta aquí. Yo iba a ir mañana a Bear Creek para recoger suministros.

Quinn dejó el correo encima de la mesa.

—La verdad es, compañero, que todos estamos un poco preocupados por ti. Sé qué eres un tipo fuerte y silencioso, pero casi no te hemos visto en el pueblo desde la fiesta de Metropolitan.

—No hay necesidad de preocuparse por mí. Sólo estoy algo cansado de que me busquen constantemente pareja y de que las mujeres se me tiren a los brazos. Cada vez me cuesta más distinguir las que son sinceras de las que van buscando mi dinero.

—El viejo Gus comentó que te podría resultar algo más difícil encontrar una mujer sincera por tu dinero.

—¿No tenéis nada mejor que hacer que cotillear sobre mí?

—Como eres el último soltero que queda, Greenleaf, eres la causa de mucha especulación.

—Pues qué suerte tengo. Déjame adivinarlo. El viejo Gus ha organizado una porra sobre el futuro de mi estado civil.

La sonrisa de Quinn sirvió como respuesta. Caleb sacudió la cabeza.

—Bueno, ¿qué has apostado tú? —quiso saber.

—Predigo que la becaria que te va a sustituir mientras estés en Seattle te va a robar el corazón. Te casarás aquí, en esta misma cabaña, el próximo verano, creo que en junio, tendrás dieciséis hijos y vivirás feliz el resto de tus días.

—¿De qué estás hablando? Yo no voy a ir a Seattle.

Sin embargo, mientras pronunciaba estas palabras, Caleb sintió que los latidos del corazón se le aceleraban. Era imposible que Quinn supiera que se había pasado seis semanas tratando de decidir si iba o no iba a Seattle detrás de Meggie.

Quinn agarró la saca del correo, sacó una carta y se la entregó a Caleb.

—¿Has estado leyendo mi correo? —preguntó éste, frunciendo el ceño.

—No he tenido que hacerlo. He hablado con Meggie esta mañana.

—¿Meggie?

—Ya sabes, mi hermana. Tu ex cuñada.

—Sé quién es. ¿Qué tiene que ver que te haya llamado con que yo vaya a ir a Seattle? —quiso saber, con una mezcla de excitación y esperanza.

—Lee la carta.

Caleb miró el remite. La carta provenía del Departamento de Sanidad del Condado, Seattle, Washington, y era del director de los servicios de salud pública. Había habido un brote muy importante de una enfermedad producida por garrapatas en Seattle y en los condados limítrofes. La enfermedad se parecía mucho a la de Lyme. La comunidad médica carecía de conocimientos sobre la clase de garrapatas que causaban aquella enfermedad. Necesitaban que un experto fuera a Seattle, con todos los gastos pagados, para que diera una serie de conferencias en los hospitales de la zona durante las siguientes cuatro semanas. Caleb había sido recomendado por uno de los miembros del consejo, Meggie Scofield.

Era la excusa perfecta para ir a Seattle. Al pensar que volvería a ver a Meggie, Caleb sintió una presión en el pecho. Tenía que recordarse que aquello no significaba nada. Meggie no sabía que él era Don Juan. Había sugerido su nombre simplemente porque él sabía más sobre insectos que nadie en el noroeste del país, no porque deseara volver a verlo. A menos que el subconsciente de ella tuviera algo que ver.

—¿Y dices que Meggie me ha recomendado?

—Claro. ¿Por qué no? Eres el mejor experto en bichos que hay por aquí. Ella forma parte del comité. De hecho forma parte del comité que va a organizar un baile de Halloween para recaudar dinero para dar a conocer la enfermedad de Lyme y otras relacionadas con las garrapatas. Si aceptas el trabajo, tal vez llegues a tiempo de asistir.

Caleb apartó el sobre. La aprensión se apoderó de él. ¿Y si iba a Seattle, le decía a Meggie que era Don Juan y ella lo rechazaba?

—No lo sé. Un mes es demasiado tiempo para estar alejado de aquí.

—Venga, Greenleaf. Necesitas salir del bosque de vez en cuando y tú mismo has dicho que estás cansado de que todas esas mujeres se pasen el día arrojándose a tus brazos. En Seattle, menos Meggie nadie sabe que eres millonario y soltero. Márchate... y diviértete.

—Supongo que se podría considerar unas vacaciones.

—Claro que sí. Vete, hombre. Haz que Meggie te enseñe la gran ciudad y te presente a alguna de sus amigas solteras.

—Pensé que se suponía que tenía que enamorarme de la becaria y tener dieciséis hijos.

—Venga, todo el mundo necesita un plan de apoyo. ¿Y si la becaria resulta ser un becario?

—En eso tienes razón.

Caleb pensó en el disfraz de Don Juan, que en aquellos momentos estaba metido en su armario. Un baile de Halloween organizado por el hospital de Meggie. Podría presentarse unos días antes, llevarse el disfraz a Seattle, ponérselo en la fiesta y, entonces, quitarse el antifaz y mostrarle cara a cara que él era el hombre que la había hecho arder de deseo en la noche del bosque.

«Arriésgate. Márchate a Seattle».

No tenía nada que perder. Nada a excepción de su corazón.

Capítlo seis

BUENO, cuéntame más sobre ese amigo tan rico y tan mono que nos va a dar las conferencias.

—¿Sobre Caleb? —preguntó Meggie mirando a Wendy.

—¿Tienes más de un amigo rico y mono que dé conferencias?

—No —respondió Meggie, entre risas—. Sólo Caleb.

Estaban corriendo por el parque, tal y como hacían todos los días.

—Caleb —dijo Wendy, deleitándose con la pronunciación del nombre—. Me gusta. Suena masculino y viril.

—Lo es.

—Ooh... —exclamó Wendy. Fingió un escalofrío de delicia que, por alguna razón desconocida, irritó a Meggie—. Cuéntame más. ¿Cómo es?

—En realidad no es tu tipo.

—¿Qué significa eso? —replicó Wendy. Aminoró la marcha, pero Meggie siguió corriendo.

—A ti te van las fiestas —le dijo, por encima del hombro— y eres capaz de gastarte el suelo de un mes en un par de Manolo Blahniks.

—¿Y?

—Caleb vive en una cabaña de los rangers, en medio del Bosque Nacional de Tongass. Como teléfono, utiliza un walkie-talkie.

—¡Eh! ¡Espérame! —gritó Wendy, aunque Meggie nunca aminoró el paso—. ¡Me estás dejado atrás!

¿Por qué tenía que importarle a ella con quién saliera Caleb? Además, necesitaba divertirse un poco. Era demasiado serio y, si había alguien que pudiera alegrarlo, ésa era la burbujeante Wendy.

«Tienes un sentimiento protector hacia él. Prácticamente es como un hermano para ti. No quieres verlo sufrir, eso es todo», se aseguró Meggie. Lo que sentía hacia Caleb era estrictamente platónico. «Entonces, ¿por qué sientes celos?».

Decidió no prestar atención a aquella molesta vocecilla. Ya tenía bastante con la obsesión que había desarrollado por Don Juan como para incluir también a Caleb.

Además, ¿qué era lo que le ocurría? ¿Por qué no se podía olvidar de Don Juan? Sabía que no era bueno para ella, pero, a pesar de todo, noche tras noche, no hacía más que tener sueños eróticos sobre el hombre enmascarado que iba a su cama para hacerle el amor fiera y apasionadamente.

Quizá la razón era que él había interrumpido su aventura sexual aquella noche en la cabaña. Meggie estaba segura de que si hubieran consumado el acto sexual, ella no tendría una fijación tan fuerte hacia él. Era un caso evidente de desear lo que no podía tener.

Wendy, jadeando y con el rostro enrojecido, la alcanzó por fin.

—Bruja. ¿Por qué no me has esperado?

—Se queman más calorías así —contestó Meggie, algo avergonzada por haber dejado a su amiga atrás. Redujo la carrera a una marcha rápida.

—Entonces, sobre Caleb...

—Entonces, ¿qué? —suspiró Meggie. Evidentemente, su amiga no iba a dejar el tema.

—¿Cómo es?

—Alto, de cabello oscuro, profundos ojos azules... Guapo como una estatua griega.

—Mmm... Cuéntame más.

—Es muy callado y sombrío, completamente metido en el mundo de la naturaleza y muy inteligente. Por eso lo recomendé como conferenciante. En realidad, me sorprende mucho que haya aceptado. No le gusta marcharse de Alaska.

—Del tipo fuerte y silencioso... Me siento

muy intrigada.

—Es estupendo. Sabe escuchar muy bien, pero a ti probablemente te parecería muy aburrido.

—Mmm... —susurró Wendy. Inmediatamente, dejó de caminar.

—¿Y ahora qué? —preguntó Meggie, deteniéndose también.

—¿Por qué no quieres que salga con él?

—Yo nunca he dicho eso.

—Venga ya. Por un lado me dices lo estupendo que es y por otro me previenes en su contra. ¿Te lo estás guardando para ti? Eso me parece un poco egoísta, considerando tu conversión casi religiosa después de tu picante cinta con el encantador Don Juan.

—No seas tonta. A mí no me interesa Caleb.

—¿Por qué no? Parece perfecto.

—En primer lugar, es más joven que yo.

—Vaya tontería.

—Además, es el hermanastro de Jesse.

—Bueno, veo que eso podría causar algún problema, pero...

—Le encanta Alaska y a mí Seattle.

—El amor lo puede todo.

—Además, no tengo esa clase de sentimientos hacia él.

—En ese caso de acuerdo. Dado que ya me lo has aclarado, tienes que presentármelo.

Meggie tragó saliva. No estaba segura de que Caleb agradeciera aquel detalle, pero Wendy era una mujer muy divertida. Aunque Caleb y ella no encajaran, por lo menos podrían divertirse juntos.

—Muy bien. Te lo presentaré.

—¡Genial! —exclamó Wendy antes de darle un abrazo a su amiga—. Es la mejor perspectiva de cita que tengo desde hace semanas. Meggie, eres un cielo.

¿Cómo se iba Caleb a tomar la noticia?

En el momento en el que el avión aterrizó en Seattle, Caleb recordó por qué no le gustaban las grandes ciudades. Gente. Ruido. Atascos de tráfico. Contaminación. Sólo había estado antes una vez en Seattle y había tenido la misma reacción. El ritmo frenético de la ciudad le daba dolor de cabeza. ¿Adónde iba todo el mundo con tanta prisa?

Tardó más de cuarenta y cinco minutos en encontrar la recogida de equipajes y recuperar su maleta. A continuación, otros diez en llegar a la parada de taxi. Se sentía como un extraño en una tierra extraña.

Tomó un taxi. No tardó mucho en empezar a sospechar que el taxista estaba conduciendo en círculos, pero no tenía prueba alguna. Cuando el taxi se detuvo por fin delante del hotel y el hombre le dijo que la tarifa eran treinta y seis dólares, sus sospechas se vieron confirmadas.

Trató de protestar, pero el taxista de repente fingió que no hablaba inglés. De mala gana, Caleb le pagó, pero, cuando se volvió hacia el botones para darle su equipaje, un adolescente de aspecto desaliñado se acercó a él a toda velocidad sobre una bicicleta, se inclinó y se llevó su maletín. El muchacho desapareció antes de que Caleb se hubiera dado cuenta de lo ocurrido.

Maldición. Todas las notas para sus conferencias estaban en aquel maletín. El estúpido muchacho se iba a llevar una gran desilusión cuando abriera el maletín y descubierta que no había más que notas sobre garrapatas.

Una hora después, tras discutir con el jefe de seguridad del hotel y con un oficial de policía, Caleb fue acompañado a su habitación. Si no hubiera sido por Meggie, se habría marchado inmediatamente a Bear Creek. Sin embargo, ella había puesto en juego su reputación por él al recomendarlo como conferenciante. No iba a defraudarla.

Además, ¿cómo se iba a marchar de Seattle sin volver a verla? Sólo pensar en que pronto estaría a su lado le aceleraba los latidos del corazón.

«Llámala. Dile que has venido hoy en vez

del domingo», le susurró una vocecilla en el interior de la cabeza.

Comenzó a dar vueltas alrededor del teléfono. Al final, lo tomó, se sentó en la cama y marchó el número de Meggie. Al ver que sonaba tres veces y que nadie contestaba, estuvo a punto de colgar.

—¿Sí?

La voz de Meggie era tan susurrante, tan sexy, que no supo qué decir durante unos segundos.

—¿Sí? —repitió ella.

Un calor fuerte y repentino se apoderó del cuerpo de Caleb. ¡La deseaba tanto! Abrió la boca para decir que era él y que acababa de llegar a la ciudad, pero no pudo hacerlo. Una fuerza desconocida pareció robarle la garganta y tomar posesión de su laringe. Nunca se le habría ocurrido decir lo que en realidad dijo.

—Buenos días, bella dama —susurró en español, con el sensual acento de Don Juan—. ¿Te sorprende oír mi voz?

Meggie estuvo a punto de dejar caer el auricular. Sintió que el alma se le caía a los pies.

Dios santo.

Se colocó una mano sobre el pecho desnudo, justo por encima de donde la toalla le cubría los senos. Acababa de salir de la ducha después de ir a correr con Wendy, cuando el teléfono empezó a sonar. El agua del cabello húmedo le goteaba por la espalda. Notó el sabor picante de su propio deseo en la punta de la lengua.

Durante las últimas seis semanas y media prácticamente no había pensado en nada más que en aquella noche mágica con Don Juan, cuando se atrevió a dar rienda suelta a sus inhibiciones y descubrió una nueva faceta de si misma. Meggie Scofield podía ser tan salvaje y desinhibida como cualquier mujer.

El pulso le latía con rítmica tiranía. En realidad, no había esperado que él fuera a Seattle ni que la llamara si lo hacía. Sintió que se le doblaban las rodillas. Agarró una de las sillas que había alrededor de la mesa de la cocina y se sentó.

—¿Don Juan? —musitó.

—¿Tienes algún otro amante español?

El deseo se apoderó de ella. ¿Qué tenía aquel hombre que le provocaba tales sensaciones?

—He sido incapaz de olvidarte.

—Tú tampoco eres fácil de olvidar.

—Entonces, no era producto de mi imaginación. Tú sentiste lo mismo que sentí yo

—murmuró él. Su rica voz envolvió a Meggie como una manta.

—No fue tu imaginación...

—Sueño contigo día y noche. Noche y día...

—¿Sí? —preguntó ella, tratando de darle un tono casual a su voz.

—Sí. No hago más que pensar en el modo en el que te mueves, tan grácil, como un cisne deslizándose por encima de un pacífico lago. Caminas de un modo tan sensual, tal vez porque tienes unas piernas hermosas. Su forma, tan esbelta y femenina, me excita increíblemente.

—¿De verdad?

Era una mujer débil. Aquel hombre no era apropiado para ella y lo sabía. Debería colgar el teléfono en aquel mismo instante y olvidarse de que él había llamado, pero no lo hizo.

—Tus piernas y tu trasero me excitan.

—¿Mi trasero?

—Sí. Es muy bonito. Nada me inflama más que una mujer con cintura estrecha y generosas caderas.

¿De verdad pensaba que su enorme trasero era sexy? Pensativa, extendió la mano y se lo tocó.

—Si estuviera allí ahora, te lo pellizcaría —prosiguió Don Juan—. No demasiado fuerte, sino lo suficiente para que supieras lo mucho que lo admiro.

«¡Cuelga! ¡Cuelga!».

—¿Y entonces qué? —preguntó.

—Ah...

—¿Qué se supone que significa eso?

—Ya sabes lo que significa.

—No lo sé.

—Claro que sí.

¿Qué estaba insinuando? ¿Que quería tener sexo telefónico con ella? Meggie nunca había hecho algo así en toda su vida y no iba a empezar en aquel momento.

«Mojigata».

«No lo soy», insistió Meggie en silencio.

«Demuéstralo. Sal del agujero».

—¿Qué llevas puesto? —le preguntó él.

Ella miró la toalla de playa que llevaba envuelta alrededor del cuerpo e hizo un gesto de desaprobación. Decidió mentir para que el asunto no fuera más allá.

—Un chándal —mintió.

—No te creo.

—Muy bien. ¿Qué crees que llevo puesto?

«Maldita sea, Meggie. ¿Por qué has dicho eso?».

—Creo que llevas un pijama con dibujos infantiles. O tal vez un picardías negro de seda, completamente transparente.

Meggie se echó a reír.

—O tal vez... Tal vez no llevas nada puesto.

Vaya. Aquello había estado demasiado cerca.

—Sin embargo —prosiguió él—, espero que lleves algo puesto porque me gustaría imaginar que te desnudo. Me gustaría deslizar los minúsculos tirantes del picardías por tu piel hasta bajártelos.

—Mmm...

—Ojalá pudiera besarte. ¿Te gustaría?

Sin poder evitarlo, se imaginó allí a Don Juan, mordisqueándole los labios, deslizándole la lengua sobre la boca. Casi sin darse cuenta, comenzó a jadear suavemente.

—Sí...

—Entonces, me gustaría pasarte la lengua sobre tus hermosos pechos desnudos.

Meggie contuvo el aliento y se abrió la toalla.

—Acaríciate. Finge que estoy ahí. Que son mis dedos los que te tocan... ¿Te acuerdas de cómo era?

Ella hizo lo que él le había ordenado. Se frotó los pezones y gozó con la erótica sensación.

—¿Te gusta?

—Sí —jadeó.

—Ojalá pudiera lamerte. Besarte.

Abrazarte. Estoy sintiendo una erección con sólo pensar en ti.

—Yo también me estoy excitando —gimió ella mientras se acomodaba en la silla para poder deslizarse las manos hacia el triángulo de vello entre las piernas.

—Ojalá pudiera meterte las manos en las braguitas y acariciar tu cálido y húmedo...

Pronunció una palabra que hizo que Meggie se sonrojara y se excitara aún más al mismo tiempo.

El sudor le cubría la frente. Su mente se lanzaba en una espiral para transportarla a otra fantasía. Se imaginó deslizando su cuerpo desnudo por el de él hasta quedar de rodillas, con los labios a nivel de la firme longitud de su pene. Se vio rodeando su masculinidad con su cálida boca hasta que él gemía de placer y suplicaba piedad. Fantaseó sobre verse inmovilizada bajo su duro y masculino cuerpo, sintiendo como los dedos se le enredaban en el cabello, notándose prisionera mientras él la devoraba, dándose un festín en los pezones y deslizando la lengua por el vientre para llegar luego a las más caldeadas profundidades.

Un agudo temblor sacudió el cuerpo de Meggie. Se movió en la silla y cruzó una pierna sobre la otra en un desesperado intento por acallar las sensaciones que le hervían en la entrepierna.

—Cuento los momentos que faltan para poder verte otra vez —susurró él—. Hasta que pueda besarte y mirarte los hermosos ojos verdes.

—A mí también me gustaría verte.

—Para terminar lo que hemos empezado.

Ella sintió que se le sonrojaba el rostro. Efectivamente aquello era lo que deseaba, lo que llevaba soñando desde hacía siete semanas.

—Sí —musitó.

—Llego a Seattle por la mañana. Durante el día, tengo negocios de los que ocuparme, pero la noche la tengo reservada para ti.

—Mañana por la noche no puedo. Voy a asistir a un baile de Halloween benéfico.

—Sólo estoy en la ciudad una noche. Mañana o nunca.

La estaba presionando, pero Meggie deseaba desesperadamente verlo.

—Si quieres, puedes venir a la fiesta de Halloween. Si tienes un bolígrafo, puedo darte el nombre y la dirección del hotel donde se va a celebrar.

—¿Quieres que vaya vestido de Don Juan?

—Por supuesto.

Meggie no deseaba que fuera sin disfraz. Si iba a tener una apasionada y desinhibida aventura con él, no debía saber ni su verdadero nombre ni conocer el rostro que había detrás de la máscara.

Se mordió el labio inferior. La pasión se apoderaba de ella con un fuego tan ardiente que oscurecía todo pensamiento racional.

—¿Sigues ahí? —preguntó él. El sensual acento avivaba el fuego que le ardía entre las piernas—. ¿Te encuentras bien?

Meggie parpadeó y se dio cuenta de que habían pasado varios segundos mientras se dejaba llevar por sus fantasías. Se aclaró la garganta.

—Bien. Estoy bien.

—Hasta mañana por la noche —susurró él.

—Hasta mañana por la noche —repitió ella, sin saber cómo iba a lograr superar las siguientes veinticuatro horas.

Caleb se había sorprendido a sí mismo. No podía creer que le hubiera dicho aquellas palabras tan provocativas por teléfono. Después de colgar, sin otra compañía en la solitaria habitación de su hotel que las eróticas imágenes de Meggie dándose placer a sí misma, se había visto obligado a solucionar el asunto con sus propias manos. Había un límite para el control que un hombre podía ejercer antes de que la presa se rompiera.

Allí estaba, vestido de Don Juan, metido en un taxi y de camino a la fiesta de Halloween. La sangre le hervía en las venas al pensar en lo que los esperaba aquella noche. ¿Cómo y cuándo se iba a revelar ante Meggie? A pesar de que estaba disfrutando de aquella mascarada, no podía mantenerla para siempre. Además, estaba dispuesto a que Meggie supiera que él, el hombre al que ella no había considerado más que un amigo, era el que la excitaba sexualmente.

No obstante, también sabía que a Meggie le estaba gustando aquel juego y que llevar un disfraz le daba la seguridad necesaria para entrar en un territorio desconocido, igual que le ocurría a él con el de Don Juan.

Sonrió. Meggie Scofield. ¡Qué mujer! Valiente, lista y sexy.

El taxi aparcó delante del Hotel Claremont. Caleb pagó al conductor y salió del vehículo. Mientras atravesaba el elegante vestíbulo, numerosas cabezas femeninas se volvieron para mirarlo. Sin embargo, Caleb casi no se dio cuenta. Todos sus pensamientos se concentraban en una única mujer. En aquel momento, tomó la decisión de detenerse en el mostrador de recepción y de reservar una habitación para aquella noche.

«¿Estás seguro de que acabas de hacer

algo inteligente?», le preguntó su lado más práctico. «¿No te parece que estás dando mucho por sentado? ¿Y si haces el amor a Meggie y terminas arruinando la amistad que hay entre vosotros?».

Apartó a un lado la voz que lo animaba a continuar por el buen camino. Hacerlo hasta entonces no le había dado lo que deseaba. La única vez que había conseguido tener éxito había sido cuando había perseguido algo con pasión.

Entró en la abarrotada sala de baile y recordó que no sabía el disfraz que Meggie llevaría aquella noche. Decidió buscar un lugar tranquilo desde el que poder observar a los asistentes. De repente, dos manos le taparon los ojos por encima de la máscara.

—Adivina quién soy.

Caleb se sorprendió al escuchar el sonido de su voz, tan familiar y melodiosa. Estaba a punto de darse la vuelta cuando ella se lo impidió.

—Espera. Adivina antes quién soy —repitió.

—Necesito una pista.

—Piensa en algo extravagante.

—Eso no me ayuda.

—En alguien muy rico.

—No me lo digas. Espera. Ya lo tengo. ¿Está Bill Gates flirteando conmigo?

—No tan rico y algo más atrás en la historia —comentó él, entre carcajadas.

—María Antonieta.

—Mejor, pero no tan descabezada.

La rica y aterciopelada tela de la manga le rozaba suavemente la mejilla. Ella apoyó los codos sobre los hombros de él de modo que él pudo sentir cómo los senos se frotaban seductoramente contra la capa. Caleb tuvo que reconocer el efecto que aquel juego tenía sobre su cuerpo. Sintió el despertar de una erección. Si no se apartaba pronto de él, iba a avergonzarlos a ambos.

—Adivina quién soy —volvió a susurrar. Aún tenía las manos sobre los ojos de Caleb.

Él nunca se había dado cuenta de lo suaves que eran las palmas de sus manos y lo largos y delicados que eran los dedos. Muy refinadas. Con toda seguridad, no eran las manos de una mujer de Alaska. Con tristeza, comprendió que pertenecía a la gran ciudad. Y él no.

Antes de que se dejara llevar por tan deprimentes pensamientos, Meggie hizo algo que lo desconcentró por completo. Se puso de puntillas y deslizó la lengua sobre el oído de Caleb. Fue la sensación más erótica que nadie le había proporcionado nunca. Sintió que perdía rápidamente el control. ¿A qué estaba jugando?

—Ven a encontrarme si puedes —musitó ella. Entonces, se dio la vuelta y desapareció entre la multitud.

Capítulo siete

ISFRAZADA como Catalina la Grande, Meggie avanzó por la sala y encontró un lugar en el que esconderse, detrás de Drácula, el Hombre Lobo, Michael Jordan y John Wayne. El pulso le latía a toda velocidad debido a la aventura y la emoción de la búsqueda. Se sentía poseída por una excitación tan memorable como las mañanas del día de Navidad de su infancia.

No había planeado su comportamiento. Simplemente había visto a Don Juan entre la multitud y había ido a saludarlo. Cuando llegó a su lado, él se había vuelto de espaldas. Un fuerte impulso la llevó a ponerse de puntillas y a taparle los ojos.

El modo tan rápido en el que él contuvo el aliento al notar su presencia, su rico y masculino aroma y el modo en el que sus anchos hombros se habían tensado bajo la camisa de pirata la empujaron a llevar la situación un paso más allá. A desafiarlo para que averiguara qué disfraz llevaba puesto y que la encontrara entre la multitud. En aquellos momentos, Don Juan avanzaba con paso seguro y una expresión de concentración en el rostro. La estaba buscando.

¡Qué excitación! ¡Qué fantasía!

Meggie tenía la boca muy seca y temblaba de la cabeza a los pies. Se sentía acalorada y nerviosa, como si se hubiera tomado media docena de cafés de una sentada. ¿Estaba perdiendo el control de la situación?

Aquella mascarada corría el peligro de convertirse en una obsesión. Don Juan le hacía sentir sensaciones que jamás había experimentado antes. Sentimientos maravillosos y deliciosos que deseaba explorar más plenamente. ¿De verdad se atrevía a terminar lo que habían empezado en Tongass?

De repente, Drácula se movió y la dejó expuesta. Meggie miró a su alrededor, buscando un nuevo lugar en el que esconderse, pero, cuando miró hacia la derecha, vio que allí estaba Don Juan, con una inescrutable sonrisa en los labios.

En aquel momento, Meggie comprendió que la había descubierto y tragó saliva. ¿Qué iba a hacer él? El deseo le ardía en los ojos azules, una sensación que se veía acrecentada por el erótico marco que proporcionaba el antifaz de cuero.

El corazón de Meggie le dio un vuelco. Vio cómo él se le acercaba poco a poco, con firmes y seguros pasos. Tenía el negro cabello revuelto. La tela de la camisa parecía aletear a medida que él avanzaba, con movimientos tan fluidos como los del agua. No dejaba de mirarla a los ojos. En lo que pareció una eternidad y a la vez un segundo, él se presentó a su lado. Era tan guapo...

Extendió una mano y agarró el codo de Meggie. La presión de los dedos la obligó a desintegrarse en una temblorosa masa de materia orgánica. El calor que emanaba del cuerpo de él le nublaba el cerebro. Cuando los dos entraban en contacto, lo que ocurría sólo podía describirse como química, como conductividad eléctrica, como combustión espontánea.

Él le acercó los labios al oído y le susurró en un fuerte acento español:

—Ven a la habitación 716 tan pronto como puedas. Te estaré esperando.

Treinta minutos más tarde, un breve y firme repiqueteo resonó sobre la puerta de la habitación 716.

Tras obligarse a permanecer tranquilo, Caleb esperó hasta que ella volvió a llamar antes de abrir la puerta. Encontró a Catalina la Grande apoyada contra el marco de la puerta. Estaba muy hermosa.

Caleb estaba a punto de hablar, de decir algo que aliviara el nerviosismo de ella cuando Meggie lo sorprendió completamente. Le colocó una mano sobre el pecho y lo empujó al tiempo que atravesaba el umbral. Con un pie, cerró la puerta al tiempo que lo agarraba con fuerza por la camisa y tiraba de él. Sus ojos verdes brillaban como los de un lince. Caleb sintió que las rodillas se le doblaban de deseo y que una extraña sensación le producía un hormigueo en la garganta. Ella lo besó con tal brusquedad que él se encontró lanzado hacia la cama. Meggie lo siguió, amoldando la boca a la de él, sentándose sobre él a horcajadas y sacándole la camisa de la cinturilla con un fluido movimiento.

El descaro que ella mostró lo dejó atónito. Aquella agresividad le gustaba y lo desconcertaba a la vez. Aquélla no era la sensata y contenida Meggie Scofield que había conocido toda su vida, sino la mujer lujuriosa y desinhibida de sus fantasías.

Ella le mordisqueó el labio inferior al tiempo que le rodeaba el cuello con los brazos, apretando así el cuerpo contra el de él. A continuación, comenzó a lamerle ávidamente los labios.

Caleb comprendió que tenía que detenerla. Al paso al que ella iba, no creía que pudiera durar más de cinco minutos.

Levantó las manos y se apartó las de ella del cabello al mismo tiempo que alejaba la boca de la de Meggie. La levantó y la colocó a un lado sobre la cama. Después, se incorporó.

—Cielo —susurró—, no tan deprisa. Esto no es una carrera.

—Lo siento —dijo ella, sonrojándose levemente—. No sé lo que se ha apoderado de mí. Nunca me había comportado así.

—Shh... No tienes por qué avergonzarte. Me ha gustado. Simplemente no debemos darnos tanta prisa.

—Tienes razón. Supongo que sólo estaba deseando lanzarme antes de perder el valor.

Maldición. ¿Se debía tanto apresuramiento al hecho de que quería terminar cuanto antes? ¿Estaría tratando de demostrarse algo a sí misma y lo estaría utilizando a él con ese fin?

—No quiero que hagas nada que no quieras hacer —dijo.

—Y no voy a hacerlo —repuso ella. Apoyó la cabeza contra el hombro de él.

—Bien.

—Pero tengo dos peticiones.

Caleb haría cualquier cosa por ella. Le concedería cualquier capricho, desde lo más simple hasta lo más complicado. La deseaba tanto...

—Tenemos que dejarnos puestos los antifaces.

Meggie no quería ver su rostro. ¿Qué significaba aquello? Él había tenido la intención de revelar el suyo aquella misma noche, pero había prometido aceptar sus deseos y era un hombre de palabra.

—Muy bien.

—Además, apagaremos las luces. Todas.

—Lo que tú desees.

Caleb hizo lo que él le había pedido. Corrió las cortinas y apagó todas las luces hasta que la habitación quedó en la más absoluta oscuridad, tal y como había ocurrido la noche de la cabaña. Como no había luz alguna, tuvo que volver a la cama a tientas. No podía ver a Meggie, pero sentía su presencia, oía su respiración y olía su maravilloso aroma, saboreando su sabor único en la punta de la lengua.

Tenía que admitir que no ver resultaba muy erótico. La anticipación que se había ido acumulando durante siete semanas hacía que los nervios se le tensaran como las cuerdas de una guitarra.

Se acercó hasta el lugar donde sabía que estaba Meggie, pero sintió que ella se deslizaba a su lado.

—Encuéntrame si puedes —dijo, entre risas.

Caleb sonrió. Evidentemente, le gustaba jugar. Se lanzó sobre ella y tomó contacto con una parte suave de su cuerpo, pero Meggie se zafó antes de que pudiera asirla con fuerza.

Oyó sus pasos por la habitación y fue detrás de ella. Avanzaba lentamente, escuchando. Tenía los brazos extendidos tocando lo que se interponía en su camino. Mesa, silla, lámpara.

—¿Dónde estás?

Cortinas. Un armario. La televisión.

De repente, tocó unos senos desnudos. El impacto de conectar con ella lo hizo explotar como una bomba. Acababa de darse cuenta de que Meggie se había quitado la ropa.

Como un ciego leyendo en braille, acarició la suave piel desnuda. Cuando ella levantó las manos y le tocó el rostro, Caleb sintió que el cuerpo comenzaba a arderle, abrasándolo por dentro de la cabeza a los pies. Le cubrió los senos desnudos con la mano, deseando desesperadamente poder verle los pezones. Tuvo que satisfacerse pellizcándoselos delicadamente hasta que ella gimió de placer. A continuación, bajó la cabeza y lamió suavemente primero uno y luego el otro.

—Eres malo —gimió ella.

—¿No es ésa la razón por la que te gusto?

—Sí, sí.

—Nunca sabes lo que voy a hacer a continuación. Por eso no quieres que me quite el antifaz. Te gustan los canallas.

—Mmm...

Caleb le agarró las manos, se las levantó por encima de la cabeza y se las inmovilizó contra la pared.

—No sabes en lo que te estás metiendo, señorita —dijo, sin abandonar el personaje de Don Juan.

En aquellos momentos, Meggie era su prisionera y temblaba de excitación y necesidad.

—Por favor, no...

—¿Que no qué? ¿Que no te posea a la fuerza?

Había sentido que ella había llevado el juego a un nuevo nivel. Estaba decidido a jugar. Sintió que ella asentía. Una oleada de sangre acudió a su entrepierna.

—Podría poseerte aquí mismo, en este mismo instante. Contra la pared. Rápida y bruscamente. Está oscuro. No puedes ver mi rostro. Ni siquiera podrías describirme a las autoridades. Es mejor que no me des una excusa para castigarte.

—Pero he sido una chica muy mala. Le he dicho a la policía dónde puede encontrarte.

El tono juguetón de la voz de Meggie le hizo saber a Caleb que no había ido demasiado lejos. Se sorprendió por las fronteras que era capaz de cruzar con ella.

Incapaz de resistirse a la súplica de Meggie para que continuaran con el juego sexual y deseando darle todo el placer que pudiera antes de gozar él, Caleb le dejó bajar los brazos y cayó de rodillas.

—Oh, oh… Eso significa que voy a tener que fustigarte con la lengua.

Abarcó la curva de la cintura con las manos y entonces, lentamente, comenzó a deslizar la lengua desde las costillas al ombligo. Ella le enredó los dedos en el cabello y lo apretó con fuerza contra su vientre. El antifaz de Caleb debió de arañarle la tierna carne porque lanzó un gemido que acrecentó la excitación de él. A continuación, deslizó una mano por la voluptuosa curva de la cadera para agarrarle el trasero. Entonces, descubrió que ella aún llevaba puesto el tanga y unas medias hasta medio muslo.

Enganchó los pulgares en las cintas de seda que le ceñían las caderas y empezó a bajarle el minúsculo trozo de tela. Ella jadeó, un sonido tan erótico que reverberó como una plegaria en los oídos de Caleb.

Cuando comenzó a explorarle la piel suavemente con los dedos, notó que ella le agarraba el cabello con más fuerza. Le tocó el interior del muslo, la parte superior de las piernas… Acarició cada centímetro de la piel entre el ombligo y las rodillas, excepto donde sabía que ella deseaba más que la tocara.

—Eres malo —protestó—. Pensé que me habías prometido fustigarme con la lengua.

—El castigo, querida mía, puede tomar formas muy diversas.

—¡Canalla!

Caleb se echó a reír. Ella se apoyó contra la pared y arqueó la pelvis hacia él, plantándole su feminidad justo delante del rostro. Suplicándole.

—Mujerzuela descarada —declaró él.

—Si no puedes soportar el calor, no te metas en la cocina.

—No prestaré atención a esas palabras porque sé que en realidad no las dices en serio.

El suspiro que ella emitió como respuesta fue como una caricia en la oscuridad. El deseo se apoderó de él, provocando que el pulso comenzara a latirle con fuerza en las sienes. Decidió reclamar un poco de autocontrol ignorando el aroma que emanaba de ella y el seductor ritmo de las caderas y centrando su atención en el tanga, que se le había atascado en las rodillas. Por fin consiguió bajárselo a los tobillos.

—Saca los pies del tanga —le ordenó. Ella obedeció inmediatamente—. Eres tan variable como el viento. Unas veces te muestras agresiva, tímida otras y en ocasiones obediente. ¿Quién eres en realidad?

—Mi identidad es secreta, igual que tú eres un completo misterio para mí.

A ella le gustaba no saber quién era su amante. La controlada y sensata Meggie disfrutaba con un poco de aventura en el dormitorio. Mientras él permaneciera detrás del antifaz, mientras fuera el sensual y apuesto Don Juan, podría proporcionarle todo lo que ella necesitaba. Sin embargo, ¿qué podría hacer por ella Caleb Greenleaf? Este turbador pensamiento lo molestó y aplacó su libido. Aunque no por mucho tiempo.

—Estoy desnuda y tú también tienes que desnudarte —afirmó ella.

La imagen mental de tenerla completamente desnuda delante de él lo ayudó a despojarse de sus dudas y a albergar imágenes ilícitas en las que se veía quitándose los pantalones, liberando su feroz erección y hundiéndose con fuerza en su feminidad.

Todavía no. Ella se merecía mucho más que un acto fogoso y rápido.

Meggie comenzó a desabrocharle la camisa. Los frescos dedos iban dejando un rastro sobre la piel caldeada que iban descubriendo. A continuación, hundió las yemas en el vello que le cubría el torso.

Caleb gruñó y depositó una serie de desesperados besos en el vientre de ella. Meggie gimió de placer y comenzó a agacharse hasta que estuvo de rodillas delante de él. Lo exploró con su dulce lengua, saboreando la piel que descubría mientras le quitaba la camisa. Cuando la hubo retirado, la lanzó hacia el otro lado de la habitación. Después, extendió las manos sobre el torso de Caleb y, tras lanzar un murmullo de gozo, comenzó a bajar poco a poco hasta las duras planicies del vientre de él.

—Ojalá pudiera verte —dijo él, sintiendo cómo se le tensaba el cuerpo como respuesta a tal exploración.

—No. No habrá luces.

Caleb quería preguntarle por qué, pero ella empezó a lamerle la oreja tal y como había hecho en el baile. La misma maniobra que le llevó a decirle el número de su habitación e invitarla a subir. Parecía que los dos funcionaban mejor con un disfraz.

¿Era el secretismo lo que alimentaba la llama que ardía entre ellos? ¿Qué ocurriría cuando el misterio hubiera desaparecido? Caleb prefería no pensar en esa eventualidad. De hecho, prefería no pensar en nada. Sólo quería disfrutar del momento.

—Mordisquéame el cuello —le pidió Meggie, con un desgarrado susurro.

El pulso le latía de un modo fiero y brutal. Como si estuviera presa de la hipnosis, hizo lo que ella le había pedido. Acopló la boca en el hueco de la esbelta garganta y se afiló los dientes contra la febril piel de Meggie. Ella gritó de placer. Caleb tembló por haberle hecho sentir aquella reacción.

El sabor de su piel no le bastó. Tenía hambre de ella. La había tenido durante años. Mordisqueó como si se tratara de un delicioso banquete, chupando y lamiendo, haciendo girar la lengua sobre su dulzura. Hundió los dedos en el cabello de ella y la tomó entre sus brazos.

Meggie era todo suavidad y generosas curvas. Los pezones se erguían contra el tórax de él, suplicando su atención. Caleb dejó el cuello y fue directamente a por los descarados capullos. Enroscó la lengua alrededor de uno de ellos y tiró suavemente. Ella bufó como una placa ardiendo a la que se le ha echado agua por encima.

—Me inflamas.

—Shh… No hables. Lame.

Caleb hizo lo que ella le había pedido. Meggie se echó a temblar y emitió un profundo gemido.

—Así es. No pares…

Él la saboreó, la reclamó, ansió poseerla a un nivel más primitivo. La acarició con las manos, le masajeó la piel y aprendió rápidamente los lugares en los que sus atenciones producían reacciones más explosivas. Descubrió dónde le gustaba que la acariciara suave y dónde firmemente. Qué caricias la hacían suspirar y cuáles la hacían temblar de anhelo. Lenta e implacablemente la fue llevando hasta el borde de la razón. Él también experimentó la sublime anticipación, el incremento del deseo salvaje.

Meggie tensó las caderas contra la firme columna de la erección de él. Caleb sabía perfectamente lo que ella quería porque él deseaba lo mismo. De hecho, lo deseaba más de lo que nunca había deseado nada en toda su vida. La pasión vibraba entre ellos, abrasándolos a ambos. Estaban a punto de sobrepasar los límites del comportamiento racional.

Gimoteando, Meggie buscó la boca de él y la besó con una fuerte y sentida necesidad. Él colocó las manos sobre la espalda desnuda y la apretó contra su cuerpo. Los corazones comenzaron a latir al unísono, incrementando cada vez más su cadencia. Con un movimiento frenético, Caleb apartó la boca de la de ella y tomó aire desesperadamente en un intento por aplacar su frenético deseo.

Deseaba tanto verle el rostro, examinarle los ojos y saber exactamente lo que ella estaba sintiendo. ¿Lo deseaba tanto como él la deseaba a ella?

Mientras Caleb buscaba un pequeño alivio de aquel torbellino de deseo, Meggie tenía, evidentemente, un plan muy diferente. Le mordisqueó ligeramente el lóbulo de la oreja para llamar su atención y tiró de la tierna carne con los dientes.

—Muéstrame lo que te gusta, Don Juan. Tómame la mano y guíala a donde tú quieras.

—Ah, señorita. Es mi deber hacerte gozar, no al revés.

—Esto no puede ser sólo para uno de nosotros, como ocurrió aquella noche en la cabaña. Tengo que saber que puedo hacerte gozar tanto como tú me haces gozar a mí.

—No.

—Debes hacerlo. Es muy importante para mí.

—Muy bien —concedió él—. Si de verdad significa tanto para ti...

Como presa de un hechizo, Caleb le hundió los dedos en el cabello y la besó como si no pudiera saciarse nunca de ella. Entonces, se echó hacia atrás y tiró de Meggie hasta que él quedó tumbado de espaldas y ella sentada a horcajadas sobre él.

Después de unos ardientes minutos, él rompió tiernamente el beso y suavemente dirigió los húmedos labios de Meggie hacia la barbilla. A continuación los hizo bajar por la garganta y por el pecho. La lengua de ella volaba suavemente por los pezones erectos de él. Meggie le hizo lo que Caleb le había hecho anteriormente. Estaba haciendo realidad sus más prohibidas fantasías y la amaba por ello.

Poco a poco, ella fue trazando un sendero desde los pezones hasta el vientre. Fue deslizando poco a poco el trasero sobre los pantalones de cuero que Caleb llevaba puestos. Aunque él deseaba poder verla, había algo muy erótico en la oscuridad total. Como no sabía lo que ella iba a hacer a continuación, la piel le ardía donde ella lo tocaba. Gimió de placer cuando los labios de Meggie viajaron hasta el punto en el que el vello del vientre desaparecía bajo la cinturilla del pantalón. Cuando llevó la boca encima de la erección a través del suave cuero de los pantalones, Caleb estuvo a punto de alcanzar el clímax allí mismo. Levantó las caderas y bufó con aguda necesidad.

—Ahí.

Meggie se apartó y se puso a aflojar las cuerdas que le cerraban la braguera. Sin pausa, le tiró de los pantalones hasta bajárselos. Cuando se dio cuenta de que él no llevaba ropa interior, lanzó una carcajada.

—Vaya, lo llevas todo suelto —dijo, evidentemente encantada por aquel hecho.

—Ni boxers ni calzoncillos para Don Juan.

—Supongo que con esas cuerdas no tienes que preocuparte por... por pillarte nada con la cremallera.

Aquel comentario despreocupado y bromista le llegó a Caleb al corazón. Evidentemente, ella era feliz. Él la había hecho feliz.

Cuando Meggie le rodeó el firme pene con una mano, la sonrisa desapareció del rostro de Caleb. Tuvo que luchar contra el instinto natural de explotar ante aquellas caricias.

—Vaya, Don Juan, permíteme que te diga que tienes un pene impresionante.

—Para...

Estuvo a punto de decir «para hacer mejor el amor contigo, Caperucita Roja», pero se imaginó que el término «hacer el amor» era lo último que ella deseaba escuchar. En vez de éste, utilizó un término más crudo que pareció excitarla aún más. Rápidamente, terminó de quitarle los pantalones.

—Eso es. Dime cosas malas.

A continuación, volvió a centrar su atención en el palpitante órgano de Caleb, por lo que a él le resultó imposible hablar y mucho menos hacerlo con maldad. Ella lo acariciaba, apretaba y frotaba, gozando con la calidez del sexo de él, explorándolo completamente.

Entonces, con mucho cuidado, se lo rodeó con la boca, saboreando la esencia masculina con la punta de la lengua. Deslizó los labios arriba y abajo, con un movimiento que hizo que todo el cuerpo de Caleb temblara.

Se tomó su tiempo, probando una amplia variedad de experimentos. Sopló aire caliente contra la piel. Le rodeó la cabeza del pene con la lengua. Chupó y lamió, torturándolo y acercándolo0 cada vez más al borde del clímax.

Caleb tembló cuando ella descubrió el sensible abultamiento que había bajo la orgullosa y erecta punta. En aquel momento, él estuvo a punto de gritar su nombre. De hecho, casi había pronunciado la primera sílaba cuando recordó el juego y sus reglas. Se mordió la lengua.

—Mmm...

—¿Te gusta?

—Si sigues haciendo eso, los dos estaremos metidos en un buen lío.

—Bien.

Antes de que Caleb supiera qué estaba ocurriendo, ella se introdujo el grueso pene en la boca tan profundamente como pudo mediante un apasionado y cegador beso que lo dejó a él sin palabras. Caleb gemía mientras ella lo acogía de un modo que le hacía desear locamente el orgasmo. Aunque para ella.

La buscó en la oscuridad, le agarró el cabello con desesperación y trató de romper el contacto. Si ella no se apartaba, no podría contener la fuerza de la naturaleza que le había secuestrado completamente el cuerpo.

Sin embargo, Meggie no se movía. Él gemía y se retorcía. Ella se movía cada vez más rápido y chupaba con más fuerza. Caleb no podía pensar ni razonar. Sólo podía dejarse llevar por aquel torbellino.

Meggie fue empujándolo hasta la cima del placer. Cuando ella le tomó suavemente los testículos en una mano, Caleb supo que había llegado el final. Se le tensaron todos los músculos del cuerpo. Dejó de respirar y, durante un breve instante, se sintió suspendido al borde del mundo. El abrumador y poderoso orgasmo se apoderó de él con una rapidez cegadora. Un intenso placer hizo temblar todo su cuerpo en medio de un caleidoscopio de sensaciones. Trató de apartarla, pero ella ignoró sus intentos. La húmeda y cálida boca de Meggie le robó toda la capacidad de contención. Caleb no pudo hacer absolutamente nada más que dejarse llevar y sumergirse en un celestial placer.

¡Meggie! ¡Qué don! ¡Qué sorpresa! ¡Qué mujer!

La emoción se apoderó de él. Por primera, Caleb se sintió agradecido de que ella no pudiera verlo.

Entre jadeos, ella levantó la cabeza y le susurró al oído:

—Hazme el amor con la boca, Don Juan. Hazme el amor ahora mismo.

Capítulo ocho

CUANDO aceptó la invitación de Don Juan, Meggie se dijo que debía arriesgarse. «Nunca se sabe lo que puedes descubrir sobre ti».

Esta frase se había quedado corta. Estaba arrodillada delante de él, temblando en la oscuridad. Se sentía atónita y aturdida por lo que acababa de hacer. Nunca antes había realizado un acto tan íntimo con un hombre. ¿Cómo reaccionaría él? ¿Qué haría?

Como respuesta a su pregunta, él lanzó un gruñido y se puso de pie. La agarró de la cintura con una posesión que asustó y encantó a Meggie a partes iguales. Sin mediar palabra, la tomó en brazos y la llevó a tientas hacia la cama.

¿Qué era lo que la atraía de él? ¿Qué le hacía desear dejar a un lado la cautela y proceder con el abandono de una adolescente? La fascinaba como nadie y eso que ni siquiera sabía su nombre.

«Esto es sólo esta noche, Meggie. No lo olvides ni por un momento. Puedes perder la cabeza si lo deseas, pero no debes entregarle el corazón a este hombre».

Por supuesto que no. Había aprendido la lección del modo más duro. Don Juan era el modo de reparar su autoestima. Mientras lo tuviera en mente, no sufriría.

Al proporcionarle el modo de explorarse sexualmente, Don Juan le estaba devolviendo su feminidad. Cuando encontrara al hombre adecuado y se enamorara de nuevo, se entregaría a él con un corazón libre. Fuera lo que fuera lo que ocurriera aquella noche, saber que estaría mejor preparada para una relación sentimental en el futuro le daba esperanza.

Podría volver a encontrar el amor. Lo haría. Y cuando lo hiciera, sería con el hombre adecuado. Aquella noche, sin embargo, era para soltarse, para experimentar y para saber dónde estaban sus límites.

Don Juan la depositó suavemente en medio de la cama. De repente, el miedo se apoderó de Meggie. ¿Y si él no estaba tomándose tan a la ligera aquella aventura? No quería hacerle daño igual que no quería que la hicieran sufrir a ella.

—¿Don Juan?

—¿Sí?

—Esto es sólo un juego para ti, ¿verdad? Yo sólo soy una más en una larga lista de amantes, ¿no es así?

Él no dijo nada. El silencio rugió en los oídos de Meggie. ¿Y si él quería más de lo que ella podía darle? No podía embarcarse de nuevo en una relación con un chico malo, por muy sexy que éste resultara.

—¿No es así?

—Recuerda —susurró él por fin—. Sólo estoy aquí con un propósito. Darte placer. ¿Lo comprendes?

Meggie sintió un gran alivio. Afortunadamente los dos estaban en la misma onda. Si no hubiera sido así, le habría resultado imposible apartarse de él en aquel momento.

Sintió que el colchón cedía por el peso de él. Empezó a acariciarle el brazo, para subir a continuación hacia el hombro y la clavícula y bajar de nuevo hacia los henchidos pechos.

—Quiero recompensarte. Darte las gracias por el regalo perfecto que me has dado. Deseo darte a ti también placer.

Meggie contuvo el aliento al sentir que él iba bajando poco a poco los dedos.

—Eres tan hermosa...

—No soy hermosa —comentó ella, entre risas—. Sólo me has visto con el antifaz y disfrazada. Por lo que sabes, yo podría ser tan fea como Cuasimodo.

—Yo podría decir lo mismo. ¿No es eso parte de la atracción? ¿No saber quién está detrás del antifaz y excitarse de todos modos?

—Sí...

Los dedos de él cada vez estaban más cerca del lugar donde ella los quería.

—Yo podría ser cualquiera, ¿no?

—Sí.

—Eso te excita, ¿verdad?

—Sí...

Estaba acariciándole la parte baja del abdomen, avivando las llamas que se estaban formando dentro de ella. Después de varios minutos así, el cuerpo de Meggie quedó completamente rígido. Ella se moría por agarrarlo del cabello y decirle que terminara lo que había empezado.

Cuando creyó que ya no podía soportar aquella tortura ni un minuto más, él dejó que la mano se acercara al vello de la entrepierna. Suavemente, comenzó a acariciarle la parte superior del muslo.

—Ábrete para mí. No hay nada más erótico que el momento en el que una mujer separa las piernas para su amante.

No tuvo que pedírselo dos veces. Meggie separó las piernas y se abrió para experimentar la mayor vulnerabilidad que podría sentir una mujer.

—Las puertas al paraíso...

La hacía sentirse atractiva, poderosa y femenina. Aquellas reverentes palabras le provocaron a Meggie una cierta tirantez en el pecho. No era de extrañar que las mujeres cayeran rendidas a los pies de Don Juan. Era irresistible.

De repente, notó sobre su cuerpo la cálida boca. Él empezó a besarle el vientre mientras le acariciaba el triángulo de vello con la mejilla. En aquel momento, Meggie se dio cuenta de que él no llevaba el antifaz. El pánico se apoderó de ella. ¿Y si le veía el rostro?

Imposible. La habitación estaba completamente a oscuras. Ya insistiría en que se volviera a poner el antifaz antes de que encendiera las luces.

—Cielo —murmuró él—, quiero beber tu esencia...

—Sí, sí, por favor.

Se había colocado entre sus piernas, con la cabeza muy cerca. Ella se sintió presa de una tensa espera. Entonces, él deslizó la lengua por los húmedos pliegues y la lamió. Un rápido movimiento, como el que se hace para lamer una gota de helado antes de que ésta se deslice por el cucurucho. Meggie gimió de placer.

—Mmm, sabes deliciosamente —susurró—. Estás tan caliente, tan húmeda...

—Tú me pones así.

Meggie sintió que los labios de él se fruncían en una sonrisa. Estaba muy seguro de su habilidad, aunque no le faltaban buenas razones.

Fue desenvolviéndola poco a poco, como si estuviera disfrutando con la apertura de un regalo de cumpleaños, utilizando la lengua para explorar capa tras capa. Los pliegues de la feminidad de Meggie florecieron bajo tan seductores cuidados. Sintió que los delicados tejidos se henchían ante tan hábiles lametones. Poco a poco, la saliva de él fue mezclándose con sus jugos naturales.

Entonces, cambió el ritmo. Antes había estado suministrándole ligeras y rápidas caricias, pero pasó a apretarse contra ella más firmemente. Movimientos lentos y profundos. Abajo y luego arriba con una hipnótica cadencia.

—Ahhh…

—Te gustan las cosas lentas.

Ella asintió y le enredó los dedos en el cabello.

—Deja de hablar.

Don Juan se echó a reír y regresó a su tarea. Nunca seguía el mismo patrón. Unas veces dibujaba círculos, otras rayas, después de eso un descontrolado zigzag. Meggie sintió una enorme presión creciendo y palpitando dentro de ella.

Con mucho cuidado, comenzó a morderle los labios de su feminidad. Las sensaciones eran tan increíbles que Meggie estuvo a punto de saltar de la cama.

—Más, más... —susurró, temblando y agarrándose al cabecero de la cama.

Chupando muy suavemente, él se introdujo los pliegues en la boca. Adentro y afuera. Adentro y afuera. Tirando y soltando. Tirando y soltando.

Asombrada por la cadencia erótica del acto, Meggie sólo pudo disfrutar. ¿Cómo era posible que no se sintiera ni tensa ni ansiosa? ¿Qué tenía Don Juan de diferente?

«Que es un desconocido».

Resultaba extraño que bajara la guardia con un hombre al que no conocía y que le permitiera hacerle los actos más íntimos cuando había tenido problemas para relajarse y dejarse llevar con una relación estable.

«No era la adecuada».

Las razones por las que había estado con Jesse eran las equivocadas y lo sabía. Jesse había sido su billete para salir de Alaska y ella había sufrido por su modo de ser tan salvaje. En aquellos momentos, estaba teniendo su propia aventura, aferrándose a la vida con sus propios términos.

Don Juan deslizó la sedosa lengua de arriba abajo. De repente, centró toda su atención en el clítoris. Aquélla era zona de peligro. Un pequeño desliz con los dientes y la diversión se terminaría.

Él lo comprendía perfectamente. Era un amante muy cuidadoso. Todo lo que hacía era fuente inagotable de placer carnal.

Meggie tembló y gimió. Él le sopló suavemente, antes de volver a lamerla con pasión renovada. Fue alternando aire frío con abrasadora y húmeda lengua hasta que Meggie creyó que no podría soportar aquel dulce tormento ni un minuto más.

Sin embargo, él no había terminado. Siguió y siguió hasta que ella fue tensándose cada vez más. Cuando le introdujo un dedo, Meggie perdió todo el respeto por sí misma.

—Hazme llegar al orgasmo —gritó—. Por favor, hazme llegar. ¡Ahora!

La tensión que se había ido formando dentro de ella era tan fuerte que estalló de repente con una cegadora potencia. Nadie le había hecho alcanzar el clímax de aquella manera. Los ojos se le llenaron de lágrimas y se echó a temblar. Don Juan se colocó a su lado sobre la cama y la tomó entre sus brazos.

La besó tierna y dulcemente. Su boca tenía el sabor de su feminidad. Nada le había sabido nunca tan sexy. Meggie se acurrucó contra su cuerpo, apoyó la cabeza contra su pecho y en aquel estado cálido y feliz se quedó dormida.

Caleb no había conocido tal felicidad en toda su vida. Y pensar que había tenido tanto miedo de que hacer el amor con Meggie no estuviera a la altura de sus fantasías de adolescente... Muy al contrario. Aquel gozoso encuentro había superado con creces todas sus expectativas. La mujer era mejor que cualquier ensoñación. Una noche más con ella no iba a ser suficiente. Resultaba completamente evidente.

Estuvo tumbado en la oscuridad, escuchando su respiración. Ella estaba acurrucada contra él, de espaldas. Caleb tenía el brazo sobre la cintura de ella y cuando la apretó un poco más, sintió que se hacía un nudo en su interior.

Deseaba mucho más. De ella.

Primero, tenía que sincerarse y contarle la verdad. ¿Cuál sería el mejor modo de hacerlo? ¿Despertarla y dejar que ella le viera el rostro?

No. Descartó inmediatamente la idea. No quería que ella se lamentara de la noche que habían pasado juntos y si no manejaba adecuadamente la situación corría el riesgo de que no volviera a dirigirle la palabra. Tenía que encontrar otro modo, un lugar y un momento mejores para revelar su identidad.

Tendría que pensar en el dónde y en el cómo. Mientras tanto, iba a marcharse de la habitación mientras ella dormía.

Lanzó un gruñido. Lo último que deseaba era dejar aquella cama y alejarse de su cálido y suave cuerpo. Ansiaba permanecer allí, saborear aquel momento. Quería despertarla a besos y hacerle el amor una y otra vez, y no sólo con la boca. Quería estar dentro de ella, consumirla, reclamarla como propia.

Sin embargo, no lo haría. No podía hacerlo. Ella no estaba lista para saber la verdad. Si lo hubiera estado, no habría insistido en apagar las luces.

Caleb se preguntó si, en lo más profundo de su ser, sabría que él era Don Juan y no quería afrontar la realidad. Aquel pensamiento le provocó un aguijonazo de ansiedad en el corazón. La acarició suavemente y sintió cómo el deseo corría paralelo con la pena en la inmensa complejidad de aquellas nuevas emociones.

No iba a seguir pensando así. Por el momento, haría lo que tenía que hacer aunque el pensamiento de marcharse de su lado lo matara por dentro. Por mucho que le doliera, tenía que abandonarla.

Meggie se despertó sobresaltada, confundida y desorientada. La habitación del hotel seguía a oscuras, aunque los rayos del sol penetraban por debajo de las cortinas y proporcionaban suficiente luz como para que ella se diera cuenta de que estaba sola en la cama.

Lanzó un suspiro, se apartó el cabello de la cara y se incorporó.

—¿Don Juan?

Tal vez estaba en el cuarto de baño. Si era así y no llevaba puesto el antifaz, no quería verlo. El pensamiento de ver cara a cara a su amante le aceleró el pulso. Apartó las sábanas y saltó de la cama. No tenía que haberse preocupado. Él no respondió y no se escuchaba nada en el interior del cuarto de baño.

Llamó a la puerta. No hubo respuesta alguna.

¡Menudo alivio!

Si se alegraba tanto de que él la hubiera abandonado, ¿por qué sentía una pesada tristeza en el vientre? ¿Sería aquello lo que se sentía después de una aventura de una noche? Entró en el cuarto de baño y encendió la luz.

¿Quién era la mujer que se reflejaba en el espejo? Tenía los labios hinchados y el cabello enmarañado. El rímel se le había extendido por debajo de los ojos, dándole el aspecto de un mapache. Se estudió durante un largo instante. Pensó en Don Juan y lo vio delante de ella. Memorizó todos los detalles para llevarse aquella imagen para siempre, atesorándola con mucho cuidado por miedo a que pudiera romperse.

—No te dejes llevar por las fantasías —se dijo—. No es propio de ti.

No tenía razón para sentirse triste o abandonada. No había nada de lo que quejarse. Había conseguido lo que deseaba. Una tórrida noche de sexo sin ataduras. Una intimidad animal que la ayudara a superar sus miedos y a recuperar su feminidad.

—No te sientas triste, Meggie. Acabas de reclamar tu sexualidad. Tienes que estar contenta y sentirte orgullosa —le dijo a la imagen del espejo—. A partir de ahora sabes que no eres ni aburrida ni previsible ni en la cama ni fuera de ella.

Sonrió.

Empezó a sentirse un poco mejor. Se duchó y se vistió. Entonces, comprendió que tendría que marcharse del hotel antes del amanecer, vestida con su disfraz de Catalina la Grande y sin maquillaje. Esperaba no encontrarse con nadie que conociera.

—Es mejor que te des prisa, Scofield —musitó.

Se calzó y se dirigió hacia la puerta. Entonces, vio algo colgando del pomo. Era el antifaz de Don Juan.

¿Aquello era todo? ¿Ni una nota pidiendo volver a verla ni un número de teléfono donde pudiera hablar con él? Era lo mejor. ¿No?

Quería volver a verlo, por muy irracional que resultara aquel pensamiento.

«Si quieres saber quién es, resultará fácil descubrirlo. Lo único que tienes que hacer es llamar a recepción y preguntar quién reservó esta habitación».

Rápidamente, decidió olvidarse de aquella idea. No deseaba tener una relación a largo plazo con aquel hombre. Se había terminado.

Durante un largo momento estuvo mirando el antifaz, tratando de encontrar un doble significado que no existía. Ya estaba. Con un suspiro, que no sabía muy bien si era de desilusión o de alivio, arrugó el antifaz con una mano y lo lanzó a la papelera.

Capítulo nueve

—¿**D**ÓNDE has estado? —preguntó Wendy, agarrando el arrugado disfraz de Meggie. Estaba sentada delante de la puerta de Meggie, con el periódico del domingo bajo un brazo y una caja de donuts sobre las rodillas—. Llevo más de diez minutos llamando a tu puerta.

—¿Tienes donuts? Te adoro.

Meggie extendió la mano para tomar un donut con la intención de desviar la atención de su amiga, pero Wendy no se dejó engañar. Se abalanzó sobre la caja y la ocultó con su cuerpo.

—Ni hablar, querida. No te pienso dar ninguno hasta que me digas dónde has estado.

—Tú no eres mi madre —dijo Meggie a la defensiva.

No quería hablar de la noche que había pasado con Don Juan. Había sido demasiado especial. Además, tenía miedo de que si hablaba de ello o de que él se había marchado sin decir ni una sola palabra, empezaría a llorar. No tenía razón alguna para ello. Había deseado una aventura sin ningún tipo de atadura. ¿De qué podía quejarse?

—Si no hablas, no hay donut.

—Muy bien. Pues quédatelo —repuso ella. Rodeó a Wendy para introducir la llave en la cerradura de la puerta.

Atónita, Wendy se puso de pie y siguió a Meggie al interior del apartamento.

—¿De verdad estás rechazando los donuts?

—De verdad —respondió. Se quitó los zapatos de una patada y dejó las llaves sobre la mesa.

—Ohh, la historia debe de ser realmente jugosa —comentó Wendy. Abrió la tapa de la caja y empezó a agitarla, como para ventear el olor—. ¡Qué bien huele! Tengo tu favorito. El de azúcar glasé.

—Olvídalo. No te pienso decir nada.

—Si fuera al revés, yo te lo diría.

—Eso no tiene ningún valor. A ti te encanta parlotear —replicó Meggie. Abrió el frigorífico y sacó un cartón de zumo de naranja—. ¿Quieres?

—¿Con los donuts? Debes de estar loca.

—Como quieras —dijo Meggie. Se encogió de hombros y se sirvió un vaso.

Wendy dejó la caja de donuts sobre la encimera.

—Estoy un poco preocupada por ti, Meggie.

—Pues no tienes por qué.

—¿Cómo no voy a estarlo? Eres mi mejor amiga. Al principio, cuando regresaste de Alaska toda cambiada después de tu romántico encuentro con ese Don Juan, pensé que estaba muy bien que te estuvieras haciendo cargo de tu vida. Cortarte el pelo, comprarte ropa nueva y tener voz propia en el trabajo...

—¿Y ahora?

—Bueno —respondió Wendy mirándole el arrugado vestido—. No te comportas como la Meggie que conozco y quiero. Es decir, resulta evidente que anoche estuviste con un hombre. ¿Por qué no me lo cuentas? —añadió, al ver que Meggie guardaba silencio.

—Es personal.

—Dios mío... Es ese tipo de tu pueblo. Has pasado la noche con tu amigo.

—¿Con Caleb? No seas tonta. Si ni siquiera ha llegado todavía. Por supuesto que no estuve con Caleb. ¿Por qué piensas eso? Ya te dije que no tengo sentimientos románticos hacia Caleb.

Meggie se dio cuenta de que estaba hablando demasiado rápido, negando las acusaciones de Wendy demasiado vehementemente y utilizando el nombre de Caleb demasiado a menudo. ¿Por qué? ¿Por qué sentía una repentina tirantez en el pecho cuando pensaba en hacer el amor con Caleb? ¡Dios santo! ¡Vaya cuadro! Tal vez estaba perdiendo el control en lo que se refería a los hombres. Tal vez Don Juan la había convertido en una ninfómana.

—No lo sé. Cuando hablas sobre Caleb, se te encienden los ojos y tienes un brillo especial.

—Estás loca.

—Entonces, ¿con quién estuviste?

—No quiero hablar de ello.

—¡Oh, no! Es ese Don Juan otra vez, ¿verdad?

Meggie apartó la mirada.

—Me preocupo por ti y me temo que te estás complicando demasiado la vida. Ya sabes que después de pasar por un divorcio algunas mujeres se vuelven locas y hacen cosas que no harían normalmente. Cosas de las que se lamentan después. No te dejes llevar por la lujuria, Meggie.

—Aprecio mucho tu preocupación, de verdad, pero estoy perfectamente.

—¿Me lo prometes?

—Sí.

—En ese caso, está bien, pero si necesitas algo, lo que sea, no olvides que estoy a tu lado.

—Muchas gracias. Ahora, si no te importa, me gustaría dormir un poco.

—De acuerdo. Te dejaré un par de donuts, aunque no me hayas contado nada sobre tu sórdida noche de placer.

—No ha sido sórdida.

—Entonces, ¿qué diversión es ésa? —replicó Wendy, con una sonrisa.

—Venga, vete de aquí.

—Hasta luego

Wendy colocó tres donuts en un plato, los cubrió con un trozo de papel de cocina y se marchó. Cuando Meggie hubo cerrado la puerta, se dirigió al salón con la intención de comprobar si tenía mensajes en el contestador. La luz verde parpadeaba. Un mensaje.

Una burbuja de esperanza cobró vida dentro de ella. Tal vez Don Juan la había llamado para decirle lo bien que se lo había pasado o tal vez para concertar otra cita para la próxima vez que estuviera en la ciudad.

Apretó el botón, cruzó los dedos y se dispuso a escuchar la voz del mensaje.

—Hola...

Durante un instante, le pareció que la voz de aquel hombre era la de Don Juan.

—... Meggie, soy Caleb.

Exhaló un suspiro y se dejó caer sobre el sofá. ¿Por qué se sentía tan desilusionada?

—Sólo llamaba para decirte que he llegado a Seattle un poco antes, así que no tienes que ir al aeropuerto para recogerme. Voy a alojarme en el Crowne Plaza. Hoy tengo algunas cosas que hacer, así que supongo que será mejor verte mañana en la conferencia. Tengo muchas ganas. Adiós.

Bueno, al menos alguien quería verla. ¿Y qué si no volvía a tener noticias de Don Juan? No había por qué lamentarse. Sería lo mejor. Además, Caleb estaba en la ciudad. Si había alguien que pudiera alegrarla, estaba segura de que era él, con su comprensiva sonrisa y entrañables ojos azules.

A pesar de la pérdida de sus notas y de su material de referencia, la conferencia iba realmente bien. Caleb conocía la entomología tan bien como conocía el hermoso cuerpo de Meggie. Respondió las preguntas y atendió a los comentarios de los asistentes, que eran personal médico interesado en saber lo que podía hacer para educar al público sobre la enfermedad de Lyme y otras relacionadas con ésta. No cometió ni un error.

Es decir, hasta que Meggie entró por una puerta lateral y se sentó en el pasillo a pocos metros del estrado. Caleb estaba en medio de una frase, pero, en el momento en el que la vio, todos sus conocimientos parecieron borrársele de la cabeza. Estaba muy hermosa, a pesar de que iba vestida con la bata del hospital y no llevaba ni un gramo de maquillaje.

—El... eh... yo... —dijo, deseando desesperadamente tener unos papeles que poder consultar, un lápiz que tocar o algo que lo ayudara a centrarse.

Meggie lo miró, le dedicó una resplandeciente sonrisa y le guiñó un ojo.

—Siento llegar tarde —le dijo, moviendo la boca sin pronunciar palabra.

Caleb sintió un pinchazo en el corazón. Media docena de emociones se apoderaron de él, provocándole un nudo en la garganta y en el pecho. Culpabilidad, excitación, anhelo, miedo y una profunda ternura.

Pensó en lo ocurrido el sábado por la noche. Recordó aquellos labios, tan suaves como los pétalos de una rosa. ¡Cómo le hubiera gustado despertarla con un beso el domingo por la mañana, darle un masaje en sus agotados músculos y luego servirle el desayuno en la cama!

En vez de eso, a causa de aquella mentira que se había visto obligado a perpetuar, se había tenido que levantar de la cama. Se preguntó lo que ella habría pensado cuando encontró el antifaz colgado del pomo de la puerta y si habría herido sus sentimientos al marcharse sin ni siquiera darle un beso de despedida.

¿Se habría despertado ella en medio de la fría oscuridad para abrazarlo y se habría dado cuenta de que estaba sola? ¿Habría buscado bienestar y se habría encontrado con un terrible vacío?

Tal vez se estaba dejando llevar por su imaginación. Tal vez ella se había sentido aliviada de que él se hubiera marchado, de no tener que enfrentarse con él a la luz del día y descubrir así su verdadera identidad.

La miró y sintió que el corazón se le desgarraba. Seguía sonriendo. Parecía estar bien. De hecho, tenía una chispa en los ojos que no había visto desde hacía mucho tiempo. Aparentemente, los orgasmos con desconocidos le sentaban muy bien. Los celos se apoderaron de él.

«Imbécil, tú eras ese hombre. ¿Acaso estás celoso de ti mismo?».

Sí, tal vez él era el hombre que le había puesto el color rosado en las mejillas, pero podría haber sido cualquier otro.

Se dio cuenta de que la estaba mirando y de que la sala entera había quedado en silencio. Todo el mundo estaba esperando que él siguiera hablando. Sin embargo, no podía continuar. No tenía ni idea de lo que decir.

—¿Por qué no nos tomamos un descanso para almorzar? —sugirió, tras consultar su reloj—. La conferencia volverá a empezar dentro de una hora.

Tenía que hablar con ella y ver cómo estaba. Tenía que asegurarse de que no le había causado un daño irreparable.

Meggie se levantó. Él bajó del estrado y se acercó rápidamente a ella.

—Meggie —dijo, sintiéndose incómodo e inseguro de si mismo.

—Caleb —repuso ella con una sonrisa. Extendió los brazos y lo animó para que se acercara—. Ven aquí y dame un abrazo. Me alegro tanto de verte...

La abrazó, estrechándola contra su cuerpo y golpeándola suavemente en la espalda. Olía maravillosamente, como el Bosque Nacional de Tongass en primavera. Después de todo, eran amigos. Aquel abrazo no significaba nada más que «me alegro de verte, amigo» y él lo sabía. No obstante, aquello no le impidió desear mucho más. El calor que emanaba el cuerpo de Meggie se infiltraba en su subconsciente y le enviaba una oleada de deseo a la entrepierna.

Aquello no serviría de nada. Tenía que alejarse de ella antes de que tuviera una erección y descubriera que su buen amigo quería ser más que eso. Rompió el abrazo y la miró a los ojos. Ella lo contemplaba con una expresión de perplejidad en el rostro. A continuación parpadeó y aquel gesto desapareció. ¿Habría empezado a sospechar que era Don Juan?

En aquel momento, Caleb estuvo a punto de confesarlo todo, pero había algo en el modo en el que ella lo estaba mirando, como si fuera realmente feliz de verlo en Seattle, que lo obligó a guardar silencio. Evidentemente, aquél no era el momento ni el lugar para confesiones.

—Voy a invitarte a almorzar —afirmó ella—. Hay un precioso restaurante francés cerca de aquí.

Caleb asintió, sin poder articular palabra. Ella le apretó la mano.

—No puedes imaginarte lo mucho que me alegro de que hayas decidido ser tú quien dé estas conferencias. En realidad, necesitábamos desesperadamente alguien que fuera un experto en el tema, pero la verdad es que te he echado mucho de menos desde que me marché de Alaska.

—Estás bromeando. ¿Me has echado de menos?

—Claro que sí. Eres como mi hermano pequeño.

Aquellas palabras hicieron trizas las esperanzas de Caleb. Su hermano pequeño. Aquél no era exactamente el sentimiento que él esperaba. Cuando le dijera por fin que él era Don Juan, le recordaría exactamente por que se había visto obligado a fingir. Ella se negaba a verlo como el hombre adulto que era, y no como el adolescente que había sido. El disfraz de Don Juan había sigo el único modo de superar los prejuicios de ella y expandir su mente.

El problema era saber si ella agradecería que la hubiera instruido con engaños.

Meggie observó a Caleb por encima de su taza de té. Era poco más de la una y estaban sentados el uno frente al otro en La Maison, compartiendo croissants de pavo y unos buenos boles de sopa de cebolla al estilo francés.

Ella nunca se había dado cuenta de lo guapo que era. Tendría que presentárselo a Wendy. Si no lo hacía, su amiga no volvería a hablarle nunca. Los hombres guapos y cariñosos como Caleb no aparecían todos los días. Sería bueno para Wendy, dado que ella solía salir con tipos algo indeseables. Sin embargo, ¿sería Wendy buena para Caleb?

«¿Y a ti qué te importa? Preséntalos y ya lo verán ellos solos».

Ya tenía bastantes problemas propios como para empezar a preocuparse por la vida de los demás. Sin poder evitarlo, volvió a pensar en Don Juan y en la erótica noche que había pasado entre sus brazos. En realidad, se sentía algo turbada y a la vez encantada por haberse comportado de un modo tan impropio de ella.

«¿Se me notará? ¿He cambiado? ¿Se da cuenta la gente con sólo mirarme? ¿Se da cuenta Caleb?». Lo miró y vio que él la estaba estudiando con una expresión tan peculiar en el rostro que, por un momento, creyó que él debía de saber lo que estaba pensando y lo que había estado haciendo.

Tonterías. ¿Cómo podía Caleb saber que había estado con Don Juan? A pesar de todo, no pudo evitar sonrojarse. Aquello tenía que parar. La obsesión que sentía por Don Juan estaba empezando a afectar otros aspectos de su vida y le hacía imaginarse toda clase de locuras.

Volvió a mirar a Caleb. Él seguía observándola como si fuera un acertijo imposible de descifrar.

—Mmm, esta sopa está deliciosa —comentó.

—Sí, buena elección de restaurante.

El comentario parecía forzado. ¿Se lo habría imaginado? Caleb no parecía diferente. Siempre había sido muy callado y observador. Lo que más le gustaba a Meggie de él era su tranquilidad. Tal vez el sentimiento de culpabilidad le estaba haciendo ver más en la expresión de su rostro que lo que realmente había. Se imaginó lo que él diría si supiera que había pasado dos noches con Don Juan. Probablemente se mostraría tan protector como su hermano Quinn y querría darle a Don Juan una paliza.

¡Aggh! Aquélla era precisamente una de las razones por las que ya no vivía en Bear Creek. Había demasiadas personas que la conocían demasiado bien y que trataban de interferir por ella cuando la vida no le iba bien. ¿Qué estaba diciendo? La vida no podía irle mejor. Gracias a Don Juan, se había vuelto a encontrar a sí misma. No tenía nada de lo que avergonzarse.

—Un penique por tus pensamientos —dijo Caleb.

—¿Cómo dices?

—Estás a miles de kilómetros de aquí. ¿Es la compañía? —preguntó, con una triste sonrisa.

—Oh, no. Lo siento.

—¿Tienes problemas en el trabajo?

—No.

—Venga, ya sabes que puedes hablar conmigo. Soy tu amigo Caleb.

—No es nada, de verdad.

—Muy bien, pero si necesitas hablar... —dijo. Entonces, se golpeó los hombros— los tengo bastante anchos.

—Gracias —respondió ella, con una sonrisa.

Era un tipo encantador. Iba a tener que presentárselo a Wendy. Los dos se merecían alguien especial.

Y, en aquellos momentos, Caleb se merecía toda su atención. Con resolución, apartó los pensamientos de Don Juan y los encerró con llave en un armario.

—Bueno, cuéntame. ¿Cómo va la búsqueda de esposa?

—Me he rendido —respondió él, encogiéndose de hombros.

—¿De verdad? ¿Y eso? El anuncio de Metropolitan les ha funcionado a las mil maravillas a Quinn, Mack y Jake.

—Sí, pero ya me conoces, Meggie. Yo necesito espacio y con todas esas mujeres desconocidas agobiándome... No hacía más que preguntarme si me querían a mí o a mi dinero.

—Oh. Se me olvida que eres rico.

—Bueno, entonces tú eres la única.

—No todas las mujeres son unas cazafortunas.

—¿Quieres decir como mi madre?

—Yo no he dicho eso.

—No. Eres demasiado buena como para criticar a nadie, pero yo no he dejado de lado la idea de casarme. Simplemente he decidido dejar que la naturaleza siga su curso. No pienso contestar más cartas del anuncio y, a decir verdad, por eso acepté este trabajo como conferenciante. Necesitaba salir del pueblo.

—Bear Creek puede resultar muy claustrofóbico —admitió Meggie, entre risas—, a pesar de la amplitud de su geografía.

—Dímelo a mí.

Caleb inclinó la cabeza y la miró. Su cabello oscuro relucía, los ojos le brillaban. Estaba tan hermosa... Sin embargo, no parecía saber lo atractiva que podía resultar así, sin artificios ni disfraces.

Deseaba tanto reclamarla para sí allí mismo y en aquel momento... Ansiaba gritar su nombre con tal pasión que todos los presentes supieran lo que sentía por ella. Quería tomarla entre sus brazos y besarla tan apasionadamente que no quedara duda alguna de lo que necesitaba de ella. Anhelaba ponerse de pie, tomarla en brazos y llevársela a Bear Creek como si fuera un hombre de las cavernas.

En vez de todo eso, hizo lo que se consideraba más civilizado y mintió descaradamente.

—Tienes algo aquí, en la comisura de la boca —dijo, señalando con un dedo.

—¿Sí? —preguntó Meggie. Levantó una

mano y se la llevó a la comisura derecha de la boca para limpiarse la partícula inexistente.

—Al otro lado.

—¿Ya? —quiso saber ella, después de frotarse el lado izquierdo.

—Permíteme...

Caleb se inclinó sobre la mesa y, suavemente, le pasó el pulgar a lo largo del labio inferior. El contacto fue eléctrico. Meggie abrió los ojos de par en par. El corazón de Caleb empezó a latir a toda velocidad.

—¿Me lo has limpiado ya? —susurró ella.

—Sí.

—Gracias —musitó, antes de recostarse de nuevo sobre el asiento para escapar del contacto.

Maldición. ¿Era aquello lo único que iba a obtener? ¿Un ligero roce de los labios de Meggie? No le bastaba. Tenía que idear algo para asegurarse de que la vería a menudo durante el mes que iba a permanecer en Seattle. Quería que Meggie le diera una oportunidad. Quería ver si podía hacer saltar la chispa y provocar en ella los mismos sentimientos que él sentía sin la ayuda de un disfraz.

Se le ocurrió un plan muy sencillo. Le contó los problemas que había tenido con el taxista que lo había llevado por el camino más largo desde el aeropuerto al hotel y cómo le habían robado el maletín. Añadió más detalles de los debidos para provocar la simpatía de la joven.

—Me siento un verdadero paleto. Quiero ir a conocer la ciudad, pero me preocupa cometer más errores y que la gente se aproveche de mí. Me siento como pez fuera del agua.

—Venga, tú no eres ningún paleto.

—Lo soy. En la gran ciudad soy patético.

—Eso no es cierto.

—Te lo juro. Me pierdo con sólo cruzar una calle. Me he pasado la vida entre osos, salmones y árboles. No sé cómo esquivar el tráfico ni evitar que me engañen. Venga, Meggie. Apiádate de mí. Te lo suplico. Necesito a alguien que me muestre la ciudad. Si no, voy a pasarme un mes metido en la habitación de mi hotel.

—¡Vaya, Caleb! Acabas de tener una idea excelente —exclamó ella con una amplia sonrisa.

—¿Sí? —preguntó él, esperanzado.

—Sí, y yo conozco a la mujer adecuada para enseñarte la ciudad.

Caleb se sintió algo confuso. ¿Estaba hablando así de sí misma?

—¿De verdad?

—Sí. Mi mejor amiga, Wendy. Ahora

mismo está en paro y le encantaría mostrarte Seattle. Venga, déjame que te dé su número de teléfono.

Capítulo diez

MEGGIE rebuscó en el bolso para sacar papel y un bolígrafo con los que anotar el número de teléfono de Wendy. Entonces, levantó los ojos y se encontró con la profunda mirada de Caleb.

Él colocó una mano sobre las de ella. La calidez de la misma y las sensaciones que experimentó la sorprendieron tanto como la extraña expresión que había en el rostro de su amigo. Se sentía atónita y desequilibrada por aquel contacto inesperado.

—Estoy seguro de que tu amiga Wendy es una chica fantástica, pero yo esperaba que fueras tú quien me mostrara la ciudad.

—Oh.

Meggie parpadeó sin saber qué decir. No estaba segura de lo que sentía. Deseó que Caleb apartara la mano. Su peso resultaba desconcertante.

—Es decir, si no tienes otros planes. No quiero molestarte.

—No, no tengo otros planes…

Lo miró atentamente, sin comprender la extrañeza que parecía extenderse entre ellos. Caleb no podía estar pidiéndole que saliera con él… ¿O sí? Era imposible. ¿Cómo podía haberlo pensado siquiera? Era su amigo. Sólo quería alguien con quien salir para no estar solo. Ella estaba exagerando el tema. Sacudió la cabeza para deshacerse de aquellos alocados pensamientos. ¿Qué le ocurría? ¿Se le había subido a la cabeza descubrir que podía resultar atractiva sexualmente?

¿Cómo podía pensar que un hombre rico, guapo y más joven estaba interesado en ella? Ridículo. Las últimas cuarenta y ocho horas habían sido muy extrañas. Aún estaba presa de los recuerdos de la noche que había pasado con Don Juan y estaba malinterpretando la situación. Aquélla tenía que ser la explicación a su confusión.

—No tengo nada en contra de tu amiga, Meggie, pero, en los últimos meses, me he cansado de las citas y sólo quería estar con alguien con quien me pudiera relajar. ¿Sabes que en los últimos cuatro meses he tenido sesenta y cinco citas con otras tantas mujeres?

—¿De verdad?

—Ojalá estuviera exagerando. Francamente, resulta agotador tener que charlar con alguien con quien no tienes nada en común, especialmente para un hombre que se pasa la mayor parte del tiempo comunicándose con la flora y la fauna. Además, créeme si te digo que la mayoría de las mujeres que he conocido no son del tipo que hace descongelarse los glaciares.

—¿Nunca tuviste una segunda cita con ninguna de ellas?

—Ni una.

—¿Por qué no?

—No me apetecía.

—Oh.

—Entonces, ¿no te importa pasarte unas cuantas horas a la semana enseñándole Seattle a un paleto? —preguntó.

—Contigo, Caleb, me podría pasar las veinticuatro horas del día —dijo, sin saber por qué.

Diablos, ¿qué le estaba ocurriendo? No sabía que recibir sexo oral de un hombre enmascarado podría desorientar tanto a una mujer. Tenía que dejar de pensar en Don Juan y cesar de encontrar connotaciones sexuales en algo tan inocente como el roce de la mano de un amigo.

—Lo que quiero decir —se apresuró a rectificar— es que me encantaría mostrarte mi ciudad.

El sábado por la mañana, Caleb y Meggie estaban paseando por el concurrido mercado de Pike Place. La fresca brisa del otoño transportaba el aroma del pescado y de la sal del mar. El día era muy soleado.

Meggie iba ataviada con unas mallas de lana, un llamativo jersey rojo que resaltaba el color de su cabello y su marfileño rostro, unas elegantes botas negras y una cazadora de cuero. Además, llevaba un gorro rojo en la cabeza. Su color le recordaba ligeramente al corpiño que llevaba puesto en la fiesta de Metropolitan.

Él llevaba unos vaqueros negros, un jersey de cuello alto del mismo color y una zamarra verde. Meggie bromeó con él, diciendo que se podía sacar al hombre de Alaska, pero no a Alaska del hombre. Sin embargo, Caleb vio a muchos otros hombres con el mismo tipo de prenda.

En el mercado había una miríada de puestos y los vendedores mostraban todos sus productos, que iban desde pescado y frutas y verduras frescas hasta especias y queso. Los embriagadores aromas los asaltaban a casa paso. Entre los puestos de comida, había artesanos que exponían sus trabajos. Cinturones y carteras de cuero, alfombras de cuentas y cerámica. Retratos y paisajes. Esculturas y joyas.

—Yo vengo aquí casi todos los sábados por la mañana —comentó Meggie—. Me encanta comprar alimentos frescos.

—¿Qué te parece si compramos algo para cenar y te preparo algo esta noche? —se ofreció Caleb—. Me gustaría darte las gracias por haberlo pasado tan bien.

—No tienes por qué hacerlo. Podemos comprar una pizza y alquilar un vídeo o algo así.

El corazón de Caleb aceleró sus latidos. Eso significaba que ella también había pensado en pasar juntos la tarde. Aquello era bueno. Muy, muy bueno.

—¿Qué te parece pasta con salsa de marisco? —sugirió él—. Pan de ajo y ensalada.

—Muy bien. Acepto.

Pasearon entre los puestos, escogiendo los ingredientes para la cena. Cuando ella entrelazó el brazo con el de él en un gesto casual, Caleb estuvo a punto de dejar de respirar.

No hacía más que mirarla, tratando de descifrar lo que significaba aquel gesto, pero ella parecía tan tranquila que Caleb sólo pudo deducir que se sentía tan relajada en su presencia que no le daba ningún significado oculto al hecho de entrelazar el brazo con el de él. ¿Era eso buena o mala señal?

Meggie charlaba alegremente sobre el mercado, sobre Seattle, sobre su trabajo y sobre las conferencias. Caleb escuchaba todas y cada una de sus palabras, pero se sentía tan hipnotizado por el contacto del brazo de ella y por el aroma celestial que emanaba de su piel que se olvidaba de lo que decía en cuanto ella pronunciaba las palabras.

Meggie compró una bolsa de mandarinas y, mientras paseaban, peló una con los dedos. Tras meter la piel del cítrico en la bolsa, separó los gajos y se metió uno en la boca.

—Mmm...

Aquel suave murmullo transportó a Caleb a la noche que pasaron en el Hotel Claremont. Un escalofrío le recorrió la espalda.

—Oh, está tan buena...

Sin poder evitarlo, le miró la boca y vio una gota de dulce néctar colgándole del labio inferior. Aquella gotita lo hipnotizaba por completo. Desgraciadamente, su agonía no terminó allí. Cuando ella sacó la lengua para evitar que se le derramara por la barbilla, el gesto le recordó las eróticas aventuras que habían compartido.

—Ten. Tienes que probarla —dijo Meggie. Se había detenido en seco y le ofrecía un gajo de la mandarina.

Caleb permitió que los labios se le separaran. Ella le deslizó la dulce fruta entre los dientes. Las yemas de sus dedos tocaron ligeramente el labio inferior de él. En la boca de Caleb explotó un crisol de sensaciones.

Entre el dulce sabor de la mandarina y el ligero roce del dedo de Meggie, empezó a considerar seriamente que podría estar en el cielo. El sonido de apreciación que hizo no tenía nada que ver con la fruta, sino con la cercanía de Meggie.

—Está buenísima, ¿verdad?

—Sí —admitió él.

—¿Quieres otro gajo?

—No. No quiero llenarme antes de la cena —dijo, a pesar de le hubiera gustado estar tomando mandarinas de las manos de Meggie durante todo el día.

—Muy bien, pero tú te lo pierdes.

Se terminó la mandarina y luego, cuidadosamente, se lamió los dedos de un modo tan seductor que Caleb deseó besarla para poder degustar la mandarina mezclada con el delicioso sabor de Meggie.

Siguieron andando, contemplando la mercancía que se ofrecía en los puestos. Todo resultaba muy cómodo y agradable... Aquel pensamiento turbó a Caleb. No quería que fuera ni cómodo ni agradable. Quería resultar peligroso para ella, un hombre al que le gustaran los riesgos, como Don Juan. Sin embargo, sabía que no debía quejarse. Por el momento, la tenía toda para sí. Para su yo real, no para el consumado amante que fingía ser cuando llevaba el antifaz. No pudo evitar pensar si Meggie preferiría estar con él o con el seductor que había resucitado para cautivar a la mujer de sus sueños.

Las cosas se estaban complicando demasiado. Debería sincerarse y decirle la verdad sobre Don Juan, pero no sabía cómo empezar. Además, no estaba seguro de que ella estuviera preparada para escuchar la verdad y no podía soportar el hecho de perder la amistad que los unía.

Meggie inclinó la cabeza hacia el hombro de él en un encantador gesto que le cautivó el corazón. Entonces, señaló un puesto en el que se vendían figuritas de porcelana.

—¡Figuritas! Vamos a verlas.

En aquel instante, Caleb decidió que no le hablaría de Don Juan, al menos por el momento. Aún no, aunque se moría de ganas de tomarla entre sus brazos y besarla. Esperaría. La seduciría muy lentamente. Cuando ella se diera cuenta de lo que sentía por él, Caleb esperaba que estuviera preparada para descubrir la verdadera identidad de su amante secreto.

Tragó saliva. Aquel plan no lo convencía del todo, pero no se le ocurría nada más. El resultado dependía de lo que hiciera en las semanas siguientes. ¿Podría conseguir que ella lo viera como un posible novio? ¿Podría convencerla de que lo prefería a él en vez de a Don Juan?

Tenía menos de cuatro semanas para conquistar el corazón de Meggie. El tiempo no dejaba de pasar.

Caleb parecía diferente. Meggie no sabía por qué. Normalmente, cuando estaba con él, se sentía tan relajada como lo estaba con su propia familia, pero desde que él había llegado a Seattle, había existido una extraña incomodidad entre ellos.

Cuando se inclinó sobre él para darle el gajo de mandarina, había sentido cómo el cuerpo se le tensaba. En el momento en el que le rozó el labio con los dedos, habría jurado que su rostro había palidecido.

¿Estaría enfadado con ella por algún motivo? Meggie no sabía por qué. Lo miró.

El cabello le brillaba suavemente. La barba había comenzado a nacerle en la fuerte mandíbula. Tenía el ceño fruncido con una expresión pensativa. Sus ojos, tan azules como el océano, brillaban con una intensidad que le producía a Meggie una extraña sensación en el vientre. En aquel momento, le pareció un completo desconocido.

Tragó saliva. En aquel momento, se adueñó de ella la sensación más extraña. No era capaz de ponerle nombre. Tal vez ansiedad, aunque era algo mucho más agradable.

¿Aprensión? No. No tenía miedo de Caleb.

¿Excitación? Lo más extraño era que parecía haber algo de eso. ¿Cariño? Siempre lo había sentido, aunque la sensación era mucho más profunda y compleja que el cariño. Se sentía perpleja por aquel extraño sentimiento, fuera lo que fuera. Sacudió la cabeza y se detuvo.

Caleb se paró también y se volvió para mirarla. Estaban rodeados de gente, pero, de repente, a ella le pareció que estaban solos. El sol se estaba escondiendo entre las nubes, pero dejaba suficiente luz para destacar la silueta de él en medio de un brillo irreal y etéreo.

Se parecía a... ¿A quién?

Meggie contuvo la respiración cuando un oscuro pensamiento se apoderó de su consciencia. Lo apartó rápidamente antes de que tuviera tiempo de arraigarle en la cabeza. Necesitaba algo que la distrajera. Inmediatamente.

Las figuritas. Aquélla era la respuesta. Iban a mirar al puesto. Rápidamente se dirigió hacia él, sin volverse a mirar a Caleb.

Inexplicablemente, la mano le temblaba cuando tomó una figurita y fingió examinarla, aunque, en realidad, no era capaz de mirarla.

«Tranquilízate, Meggie. ¿Qué es lo que te pasa?».

Sintió que Caleb se acercaba a ella y que se colocaba tan próximo que casi la tocaba. Una oleada de adrenalina le sacudió el cuerpo. Sintió la alocada necesidad de salir huyendo o de darse la vuelta y espetarle que se alejara de ella. ¿Por qué estaba sintiéndose como un animal acorralado al lado de un hombre al que conocía desde siempre? No tenía ningún sentido. ¿Acaso se sentía atraída por Caleb?

Inmediatamente supo que era verdad. No sabía cuándo había ocurrido, pero no estaba dispuesta a dejar que Caleb supiera lo que sentía. Era su ex cuñado. Era dos años y medio más joven que ella. Además, Meggie estaba segura de que sólo era una amiga para él.

«Tranquila, Meggie. ¿Qué es lo que te pasa? ¿Y qué si te sientes atraída por Caleb? No significa nada. Probablemente sólo se trata de algo transitorio. Como cuando los pacientes se enamoran de sus médicos o enfermeras. Sólo eso».

Empezó a tranquilizarse. Se sentía atraída por Caleb porque le resultaba familiar. Había sido amable con ella y, además, aquello podría tener algo que ver con el hecho de que Don Juan le había despertado los sentimientos sensuales que había mantenido enterrados durante mucho tiempo. El inesperado deseo que sentía por Caleb era el resultado del despertar de su feminidad. Pasaría con el tiempo.

—¿Ves algo que te guste? —murmuró Caleb. Su cálido aliento le abanicaba a Meggie suavemente los cabellos de la nuca.

Ella se obligó a no echarse a temblar. Iba a negar con la cabeza cuando vio un pequeño antifaz de porcelana. Era una miniatura del mismo antifaz que Don Juan había utilizado. Sin poder evitarlo, extendió la mano.

—Ah, se siente usted atraída por lo desconocido —dijo la vendedora.

—¿Cómo dice? —preguntó Meggie.

—Ese antifaz representa lo que mantenemos oculto en nuestro interior. El velo que separa la parte civilizada de nuestra psique de la más salvaje. Ese antifaz simboliza nuestros deseos secretos, nuestras pasiones prohibidas, nuestras aventuras clandestinas.

Meggie sintió un escalofrío. Era como si aquella mujer poseyera una extraña telepatía que le permitía mirar directamente en el interior de su corazón.

—Nos lo llevamos —le dijo Caleb a la mujer.

—No, por favor. No puedo dejarte que me compres esto —suplicó Meggie, sacudiendo la cabeza.

—Te gusta y yo quiero regalarte algo para

recompensarte por haberme enseñado la ciudad.

—Mostrarte Seattle ha sido un placer para mí.

—Nos lo llevamos —insistió Caleb.

Entonces, se sacó el dinero del bolsillo y le dio a la vendedora dos billetes de veinte.

La vendedora envolvió el antifaz y se lo entregó, junto con el cambio. Inmediatamente, él le dio el paquete a Meggie.

—Para que recuerdes mi visita a Seattle.

—Gracias —dijo ella—. Es un regalo precioso y has sido muy amable al comprármelo.

Se miraron a los ojos y algo ocurrió entre ellos. Algo más que una simple amistad. Algo que Meggie no se atrevía a nombrar.

—De nada.

Caleb sonrió. Durante un instante, ella pensó que le iba a tocar el rostro, pero, en vez de hacerlo, él dio una palmada.

—Ahora, ¿qué te parece si vamos a comprar los ingredientes para la salsa de marisco?

Dos horas más tarde, estaban en el apartamento de Meggie con un buen fuego ardiendo en la chimenea de gas y un festín en la mesa.

Habían preparado la cena juntos, tomando vino mientras trabajaban. Caleb encendió la radio y estuvo buscando emisoras hasta que dio una con un vibrante ritmo de salsa. Los dos habían meneado el esqueleto por la cocina con la animada música mientras sus exóticos sonidos hispanos hacían que Meggie pensara en Don Juan. ¿Volvería a ver a su misterioso amante? ¿Acaso quería que así fuera?

Se apartó del pensamiento aquellas preguntas para escuchar cómo Caleb hablaba de sus conferencias, de sus impresiones sobre Seattle y la atracción turística que quería ver a continuación.

Meggie se alegró de ver que las cosas habían vuelto a la normalidad entre Caleb y ella después de la ansiedad que había sentido anteriormente. Eran amigos y nada más. Gracias a Dios. Descartó los extraños sentimientos que había sentido en el mercado de Pike Place y lo achacó todo a la fascinación que sentía por Don Juan. Se sentía tan intrigada por aquel hombre que estaba empezando a imaginarse las cosas más ridículas. Tenía que hacer algo con la obsesión que sentía por él antes de que ésta empezara a causarle serios problemas.

—Esta salsa de marisco es la mejor que he probado nunca —le dijo Meggie a Caleb, decidida a no pensar en Don Juan durante el resto de la velada.

—Gracias —respondió él, con una sonrisa.

—Algún día, vas a ser un buen esposo para una mujer afortunada.

—¿Tú crees?

—Por supuesto.

Se sentía algo ebria. Estaba muy contenta por estar allí sentada con su amigo y se alegraba de que él no le hubiera permitido emparejarlo con Wendy. Mientras ella hervía la pasta, él había puesto la mesa y había encendido las velas que llevaban años sobre la mesa del comedor de Meggie. Cuando lo miró a través de la mesa, vio las llamas gemelas reflejándosele en los ojos.

—En realidad, Caleb, no sé por qué no te ha conquistado todavía ninguna mujer.

—Supongo que aún no he conocido a la adecuada —repuso él, encogiéndose de hombros.

¿Por qué no se había casado aún? Caleb era muy guapo, amable, digno de confianza, rico y muy sexy. Por lo que ella sabía jamás había tenido una relación estable. Quinn le había mencionado una vez que Caleb había tenido algunas aventuras durante su etapa universitaria, pero nadie en Bear Creek recordaba que él hubiera tenido una novia estable. ¿Por qué no? No parecía la clase de hombre capaz de tener aventuras de una noche. «Sí, hace siete semanas tú tampoco eras esa clase de chica».

Volvió a pensar en Don Juan y se ruborizó. ¡Maldición! No iba a volver a pensar en él. La aventura se había terminado y así era tal y como ella lo quería.

—Déjame especular un poco —dijo, buscando una excusa para distraerse—. Tienes miedo al compromiso por tu historia familiar.

—Por el dinero —confesó él—. Cuando tu madre se ha casado tres veces y tu padre dos y tienes un total de once hermanastros y hermanastras, eso te hace perder la fe en los finales felices.

—Dímelo a mí.

—Estás pensando en Jesse.

—Bueno, estuvimos juntos seis años.

—¿Cómo es que te casaste con él, Meggie, si no te importa que te lo pregunte?

—Me equivoqué. ¿Qué puedo decir?

—¿Lo que ocurrió entre vosotros fue lo de que los opuestos se atraen o acaso te dejaste llevar por la noción romántica de que las mujeres, a veces, logran cambiar a los chicos malos? Nunca comprendí lo que viste en él y siempre me pareció que te merecías algo mucho mejor.

—Vaya, vaya... Menudo discurso para un hombre que no habla mucho —bromeó Meggie, aunque tenía una sensación en el estómago que no le permitía respirar.

—No me ofenderé si me dices que no es asunto mío, porque no lo es. Sin embargo, siento curiosidad.

Meggie miró durante un instante su copa y, a continuación, tomó un sorbo.

—A decir verdad, a mí misma me ha costado encontrar respuesta a esa pregunta.

—¿La has encontrado?

Caleb había inclinado la cabeza hacia un lado. En aquel momento, él tenía un aspecto tan encantador que Meggie sintió algo cálido deshaciéndose dentro de ella.

—¿Otra que no sea que era joven y tonta?

—Sí, otra que no sea ésa.

Caleb la hacía sentirse segura, como si supiera que podía decirle cualquier cosa y que todo iba a ir bien. Recordó agradables detalles de su infancia. Por su desordenada vida familiar, Caleb se había alojado a menudo con los Scofield, especialmente durante el verano, cuando no había colegio. Al contrario de sus hermanastros y hermanastras, que se marchaban para pasar sus vacaciones con sus respectivos progenitores, Caleb siempre había preferido quedarse en Bear Creek. Los encantadores padres de Meggie le habían abierto las puertas de su casa.

—¿Recuerdas cuando éramos niños y tú venías a pasar los veranos con Quinn?

—Sí.

—Vosotros siempre me dejabais que fuera con vosotros, aunque yo me asustaba de todo.

—Creo que tu madre nos obligaba.

—Sí, bueno, eso también, pero creo que fue entonces cuando se desarrolló en mí un ansia de aventura. Lo más extraño era que siempre tenía miedo de dejarme llevar, de perder el control.

—Eres una chica muy complicada, Meggie Scofield.

—Supongo que es un modo de llamarlo —comentó ella, riendo.

—¿Qué tiene Jesse que ver con todo esto?

—Muy bien. Te voy a contar mi teoría de por qué terminé con tu hermanastro.

—Soy todo oídos. Tú dirás —dijo él. Tras apartar el plato, apoyó los codos sobre la mesa y colocó la barbilla sobre las palmas abiertas de las manos.

—Tal y como yo lo veo, con mi limitado conocimiento del mundo de la psicología, Jesse me proporcionó un modo seguro de satisfacer mi deseo de aventura. Podía ver cómo practicaba caída libre o puenting sin tener que correr nunca riesgo alguno. Aspiraba el olor de la aventura y eso me bastaba. Se puede decir que vivía la aventura de segunda mano. ¿Entiendes lo que quiero decir?

—Sí. Ya veo por qué mi hermanastro te resultaba atractivo.

—También explica por qué él al final me dejó por ser demasiado aburrida.

—Tú no eres aburrida. Ni un ápice.

—Oh, créeme, lo era. Me pasaba todo el tiempo trabajando. Mi trabajo lo es todo para mí. Nunca quería probar nada nuevo ni hacer ninguna cosa diferente. Tenía mi rutina y así era como me gustaban las cosas. Al menos tengo que agradecerle eso a Jesse. Él me hizo ver que había ido por la vida hasta entonces como una sonámbula.

—Si tú lo dices.

—Sin embargo, todo eso ha cambiado. He empezado a correr algunos riesgos propios y me sorprende lo que he descubierto sobre mí misma.

—¿Cómo? ¿Qué ha ocurrido?

Meggie bajó la cabeza. De repente se sentía avergonzada. ¿Debería contarle a Caleb lo de Don Juan?

—¿Meggie?

Ella levantó la barbilla y lo miró a los ojos. No vio nada más que una tranquila aceptación en ellos. Tal vez si le contaba lo de Don Juan podría empezar a superar la obsesión que tenía con aquella fantasía. Caleb sabía escuchar muy bien y era un buen amigo. No iría chismorreando sobre ella cuando regresara a Bear Creek. Si le contaba lo de Don Juan, nadie lo sabría nunca.

—Tengo grandes orejas y los labios sellados.

—No tienes las orejas grandes —dijo ella. Lo golpeó juguetonamente en el hombro y estuvo a punto de caerse de la silla. Demasiado tarde, se dio cuenta de que había bebido demasiado.

—Quieta...

Caleb extendió una mano para sujetarla. Una vez más, el contacto produjo extrañas sensaciones en la piel de Meggie. Un chisporroteo. Un hormigueo.

«Es el vino, tonta».

—Gracias, amable señor.

Caleb frunció el ceño.

—¿Te encuentras bien?

Dios. Parecía tan serio. Meggie empezó a tener hipo. Se llevó una mano a la boca y empezó a reírse.

—Huy, lo siento.

—No te avergüences delante de mí. ¿Cuánto tiempo hace que nos conocemos?

—Años, años y años.

«Es realmente mono, especialmente cuando una se centra en su boca perfecta».

Meggie entornó los ojos y contempló descaradamente los labios de Caleb. Demonios. Su boca se parecía mucho a la de Don Juan.

—Exactamente. Por eso deberías sentirte libre de decirme cualquier cosa. Lo que sea.

—¿Lo que sea?

Meggie se apostaba cualquier cosa a que aquello no era realmente cierto. ¿Qué haría él si le decía que le estaba empezando a gustar su boca y que sentía el fuerte impulso de quitarse las zapatillas deportivas de una patada, deslizarle los dedos por la pantorrilla y empezar un picante juego de caricias con los pies?

¡Ja! Probablemente haría un agujero en la pared para escapar de ella todo lo rápido que pudiera.

—Lo que sea —reiteró él.

—Muy bien. Creo que he tomado demasiado vino.

—Ya veo —repuso él. Inmediatamente le quitó la copa—. ¿Hay algo más que quieras decirme?

Maldición. Parecía saber que algo la estaba carcomiendo por dentro y, evidentemente, no iba a dejarlo estar. Se lo merecía por conocerlo desde hacía tantos años.

—Meggie, soy yo, Caleb. Ya sabes que puedes confiarme tus secretos más oscuros.

Extendió la mano y le apretó a Meggie

la suya, como si quisiera darle así el valor suficiente para abrir su corazón y pedirle consejo sobre cómo evitar enamorarse de otro tipo malo.

Aquello le bastó. Los efectos del vino, la calidez de la mano y su propio deseo por superar la obsesión sexual culminaron en un imparable deseo por contarle lo que había estado haciendo con el cobarde de Don Juan.

—Caleb… —susurró por fin—, tengo algo que confesarte.

Capítulo once

UN segundo. Dos. Tres. ¿Iba a hablarle de Don Juan?

—¿Por qué no vamos a sentarnos delante del fuego? —lo invitó ella con una tímida sonrisa que despertó un el anhelo en el corazón de Caleb—. Así estaremos más cómodos.

—Muy bien.

Extendió la mano. Ella dudó sólo un segundo antes de colocar la suya en la de él y permitir que la llevara a la zona del salón.

Caleb deseaba besarla tan desesperadamente que no podía pensar, pero debía tener cuidado y avanzar con lentitud. Cuando aquella tarde le compró el antifaz y ella se comportó de un modo tan extraño, estuvo completamente convencido de que lo había estropeado todo. Sin embargo, aquella noche, tras preparar la cena juntos y después de que ella hubiera accedido a contarle su más oscuro secreto, Caleb sintió que volvían a disfrutar de su antigua camaradería.

También sintió el aguijonazo de la culpabilidad. Como ella estaba algo ebria, iba a confiarle lo que la hacía más vulnerable. Él era quien le estaba mintiendo. ¿Debería impedirle que hablara antes de que empezara?

Que Dios lo perdonara, pero no podía. Tenía que escuchar lo que ella tenía que decirle.

Se sentaron con las piernas cruzadas sobre la alfombra, delante del fuego. Meggie se apartó el cabello del rostro. Estaba tan encantadora... Apoyó la cabeza contra el hombro de Caleb y suspiró con satisfacción. Mientras contemplaba las llamas del fuego, cerró los ojos. La ansiedad de Caleb iba acrecentándose con cada momento que pasaba sin que ella hablara, aunque no iba a obligarla.

Por fin, ella dijo:

—He conocido a un hombre.

Luchando por mantener una apariencia de impasibilidad, Caleb simplemente asintió.

Meggie lo miró de reojo, como si estuviera calibrando su reacción, y pareció tranquila. Entonces, le contó cómo había conocido a Don Juan en la fiesta de Metropolitan, que ni siquiera conocía su nombre, pero que, sin pensar, le había dado su número de teléfono. Y cómo él había aparecido en Seattle para darle una gloriosa noche.

—No es bueno para mí, pero me temo que estoy enganchada. No me malinterpretes.

No estoy pensando en este hombre como la persona con la que podría volver a tener una relación sentimental. Ni hablar.

—¿No?

—Sinceramente, no. De él no quiero más que sexo.

—Meggie, eso cae en la categoría de «demasiada información».

—Te he avergonzado. Me lo temía. Tú aún me ves como tu hermana mayor y aquí estoy yo hablando de sexo.

—No me has avergonzado —gruñó él. Deseaba decirle que estaba lejos de considerarla como a una hermana, pero guardó silencio—. Sigue hablando.

—¿Estás seguro?

—Claro que sí. Ya te he dicho que te apoyaré en todo, sea lo que sea.

—Muy bien. Como te estaba diciendo, lo último que quiero es tener relación alguna con ese hombre.

Caleb no sabía qué pensar sobre aquella afirmación. Ni cómo sentirse. Quería que ella lo deseara a él, no a Don Juan, pero si ella deseaba a Don Juan sólo para el sexo, ¿qué significado tenía aquello para él?

Maldición. Aquel engaño se estaba complicando demasiado. Lo que había empezado como un juego se había adentrado en un territorio muy peligroso.

—Estoy utilizando a ese hombre para recuperar mi feminidad, para darle un buen empuje a mi ego. ¿No te parece que eso de utilizar a un hombre sólo para el sexo suena terrible?

—No, si eso es precisamente lo que necesitas.

—Y parece estar funcionando.

—¿De verdad?

—Bueno, a excepción de una cosa.

—¿El qué?

—Estoy completamente obsesionada con él —confesó.

Caleb la miró a los ojos. Inmediatamente, ella se mordió el labio inferior y bajó la cabeza, como si quisiera ocultar la expresión de su rostro del escrutinio al que la estaba sometiendo Caleb.

La confesión de Meggie lo sorprendió mucho, aunque al mismo tiempo le llenó el corazón de una inexplicable alegría. ¡Meggie estaba obsesionada con él!

«Contigo no, imbécil. Está obsesionada con una fantasía. Cuando descubra la verdad, se va a enfadar mucho».

—No puedo dejar de pensar en él. Sé que es una locura, pero no puedo evitarlo.

—Es sólo una obsesión.

—Lo sé y, aunque no lo fuera, sé que ese hombre no es adecuado para mí. No sé nada sobre él y, además, ¿cómo podría prosperar una relación que se basa sólo en el sexo?

—¿Quieres tener una relación de verdad con él?

—No —afirmó ella, con vehemencia—. Sólo quiero dejar de pensar en él.

—Lo que te intriga es el misterio. Eso es todo.

—Tienes razón y eso es precisamente lo que no dejo de decirme. Estoy segura de que si conociera a ese hombre sin antifaz ni disfraz no me sentiría atraída por él.

Escuchar aquello no resultaba nada agradable. El asunto parecía estar volviéndose contra él. Recordó la primera vez que se fijó en Meggie como mujer. Fue durante el verano en el que ella tenía dieciséis años y él catorce. Se había presentado para ir a navegar con Quinn, Jesse y él con unos minúsculos pantalones cortos y una camiseta azul. Aún recordaba cómo la suave tela se le ceñía a los senos. Aquella visión lo había fascinado por completo.

Tragó saliva. Comprendió que se estaba deslizando hacia un lugar al que no estaba seguro de querer ir. Comprender que quería más de ella, que dos noches de sexo anónimo nunca iban a ser suficientes para él, lo asustaba terriblemente. ¿Qué significaba todo aquello?

—Se está haciendo tarde y está lloviendo mucho —dijo—. Creo que debería marcharme.

—No tienes por qué hacerlo.

—¿No?

—El sofá se transforma en una cama —comentó ella, aplastando así las estúpidas esperanzas que él se había formado sin querer—. Tengo un cepillo de dientes de sobra por si tengo compañía.

—No —insistió él, a pesar de que la idea le resultaba muy tentadora—. Creo que es mejor que me vaya. Tengo trabajo que hacer.

—Oh, muy bien.

Lo acompañó a la puerta. Permanecieron allí un momento, mirándose.

—Lo que te he contado esta noche es estrictamente confidencial —le recordó ella.

—Por supuesto.

—Gracias, Caleb. Me ha ayudado hablar contigo sobre mi... mi pequeño problema.

—No hay de qué.

Meggie se puso de puntillas y le dio un beso en la mejilla.

—Eres genial.

—¿Te veré mañana? —preguntó él.

—No. Tengo que trabajar y, a continuación, una reunión del comité.

—¿Y el lunes?

—Tengo clase de danza del vientre.

—Oh.

—Pero tal vez después podríamos ir a ver una película o a un club o a escuchar música.

—Me parece muy bien —respondió él.

No le importaba dónde fueran con tal de estar con Meggie.

—¿Por qué no me recoges en el estudio de baile? Mi clase termina a las siete.

Pensar que iba a ver a Meggie bailar la danza del vientre le provocó una ardiente necesidad en el cuerpo. Además, aún sentía la huella de los labios de ella en la mejilla. Tuvo que contenerse para no devolverle el beso y no precisamente en la mejilla.

Ella le dio la dirección del estudio y luego le revolvió el cabello.

—Buenas noches, hermanito. Hasta el lunes.

Caleb se marchó del apartamento de Meggie apretando los dientes y decidido a demostrarle cómo podía profesarle todo lo contrario al amor fraternal. Sin embargo, ¿dónde y cómo podía empezar? No sabía cómo podía seducirla sin el maldito antifaz.

Meggie cerró la puerta y se apoyó contra ella. Afortunadamente, Caleb había decidido no pasar la noche allí. En realidad, no estaba segura de por qué se sentía tan aliviada, aunque probablemente se debía al hecho de que se notaba algo vulnerable por haberle contado todo lo ocurrido con Don Juan. ¿Por qué lo había hecho?

«Tal vez te alegras de que se haya marchado por cómo está empezando a hacerte sentir», le susurró una incómoda vocecilla.

Frunció el ceño y empezó a meter los platos en el lavavajillas. Aquello era ridículo. Sus sentimientos hacia Caleb no habían cambiado.

«¿No? Entonces, ¿por qué te has estado fijando en las piernas tan largas que tiene? ¿Por qué estabas admirando el modo en el que el cabello se le riza en la nuca? Tampoco se te pasaron por alto sus fuertes bíceps».

—Eso no es cierto —replicó, mientras metía los cubiertos en su contenedor.

«Mentirosa».

¿Y qué había del modo en el que había escuchado su confesión sobre Don Juan, sin juzgarla ni condenarla por ello?

—Es un buen amigo. Ya lo sabía.

«Lo has besado».

—En la mejilla.

«Primero viene la mejilla. Seguramente le seguirán los labios».

—Oh, cállate.

Frotó la enorme olla que habían utilizado

para hervir la pasta y atacó sin piedad la que se había quedado pegada en el fondo.

«Además, vas y lo invitas a ir a verte bailar la danza del vientre. Ahora, dime la verdad, ¿a qué ha venido eso?».

—Esto es una locura —musitó—. No me siento atraída por Caleb Greenleaf.

«¿Por qué no?». Aquella vez era la voz de Wendy la que le resonaba en la cabeza. «Es guapo, inteligente y rico».

Efectivamente, ¿por qué no? Meggie enjuagó una bandeja. En primer lugar, porque Caleb no había mostrado interés alguno por ella.

«Te ha comprado el antifaz de porcelana».

—¿Y qué? Es un hombre generoso.

«Te ha preparado la cena».

—Sólo estaba dándome las gracias por mostrarle la ciudad.

«¿Y por qué le estás mostrando la ciudad?»

—¡Es un viejo amigo!

«Sí, claro».

—Por supuesto que lo es —insistió Meggie.

«Muy bien. Entonces, ¿por qué todavía no se lo has presentado a Wendy?».

—Porque no es el hombre adecuado para ella.

«¿De verdad? Tal vez eso se deba a que crees que es el hombre adecuado para ti».

—¡Venga ya! ¡Yo no le intereso!

De hecho, aunque estuviera interesado en ella, lo que Meggie dudaba seriamente, ella no pensaba avergonzarse insinuándose a un hombre más joven. Ni hablar.

A Meggie no le gustaba correr riesgos ni dejar sus sentimientos al descubierto, lo que sin duda explicaba por qué estaba interesada por tener una aventura sin ataduras con Don Juan. Con él, no tenía que preocuparse porque le hicieran daño. Con Caleb, sin embargo, la historia era diferente. Sólo pensar en Caleb de aquel modo la turbaba profundamente.

No. Ni hablar.

Meggie se acobardó al imaginarse lo que le diría su madre y cómo el rumor iría de un rincón de Bear Creek al otro en nada de tiempo.

—¡Sólo somos amigos! —le gritó a la pared—. ¡No ha cambiado nada!

No obstante, en su corazón, no estaba segura de creer sus propias palabras.

El estudio de baile estaba a rebosar de atractivas mujeres, pero Caleb sólo tenía ojos para una. Estaba en la puerta de la clase de danza del vientre, asomándose por el cristal y tratando de reunir el coraje para entrar.

Tan fuerte era el deseo que sentía hacia ella que no estaba seguro de que no fuera a tener una reacción física. No quería avergonzarse ni avergonzarla a ella en público con una gigantesca erección.

¿Cuándo había perdido el control de su propio cuerpo? ¿Qué tenía Meggie que hacía que se comportara como un adolescente presa de la vorágine de su tormenta hormonal?

Observó atentamente cómo ella bailaba con el resto de las chicas. Llevaba un atuendo de gasa que dejaba al descubierto gran parte de su liso vientre. Se movía con la gracia de una bailarina profesional. Tenía los brazos levantados por encima de la cabeza y hacía sonar unos pequeños crótalos que llevaba enganchados a los dedos. En aquellos momentos, estaba mirando en la dirección contraria y no podía verlo, pero movía las caderas como si estuviera llamándolo.

Caleb se sentía como un voyeur, como un pervertido que la estaba espiando, pero no podía dejar de mirar... ni de desear que estuviera bailando aquella danza tan erótica sólo para él. No le gustaba pensar que cualquier otro hombre pudiera verla y desearla. Se dio cuenta de que estaba celoso, aunque no había nadie de quién estarlo. En la clase sólo había mujeres. No había nadie más mirando por el cristal.

¡Maldición! Se sentía como si hubiera caído en arenas movedizas. Cuanto más luchaba por salir, más se hundía. Estaba enamorándose de ella. Rápidamente. Los celos que sentía en el corazón le dijeron que ya no podía seguir engañándose. El deseo que sentía hacia ella iba más allá de lo físico. Se había estado engañando cuando decidió que hacer el amor con Meggie aplacaría de una vez por todas las fantasías sexuales que tenía sobre ella. ¡Qué idiota había sido!

Meggie ejecutó una serie de complicados movimientos que provocaron que Caleb estuviera a punto de tragarse la lengua. Descubrió que su propio cuerpo empezaba a contonearse al ritmo de la sugerente música oriental. De repente, deseó desesperadamente poder bailar con ella, apretar su cuerpo contra el de Meggie mientras bailaban juntos.

Tonterías. No sabía bailar.

El vestido que ella llevaba era casi tan provocativo como sus movimientos. La sedosa tela se le pegaba a las rotundas curvas y aleteaba de un modo muy incitante. Un velo transparente le cubría la boca, ocultando los labios que a él tanto le gustaban y añadiendo una seductora capa de misterio a la danza.

Era tan hermosa... Recordó su aroma, su sabor... Si no tenía cuidado, iba a empezar a salivar allí mismo.

Se dio cuenta de que había colocado las palmas de las manos contra el cristal y que no dejaba de mirarla. Era como un niño en el exterior de una juguetería sin dinero en los bolsillos.

¿Por qué lo habría invitado ella allí?

Aquel pensamiento surgió de improviso, al igual que la respuesta.

Aquélla era otra de las fantasías de Meggie. Estaba jugando con él, torturándolo e hipnotizándolo. Sin embargo, no creía que ella fuera consciente de lo que estaba haciendo cuando le había sugerido que fuera a buscarla. De hecho, si le preguntaba, probablemente lo negaría todo.

De repente, llegó a la conclusión de que sólo había una razón para que su subconsciente la hubiera empujado a pedirle que fuera al estudio de baile para verla bailando de un modo tan sugerente. Sin que ella misma lo supiera, lo deseaba. La esperanza se apoderó de él. Tal vez tenía una posibilidad de poder ganarla por sí mismo, sin el maldito antifaz.

La música terminó. Caleb sacudió la cabeza y salió de su ensoñación al darse cuenta de que la clase había finalizado La puerta se abrió y las mujeres comenzaron a salir.

Meggie fue la última. En cuanto vio a Caleb, el rostro se le iluminó con una sonrisa. Aquella expresión de alegría acicateó las esperanzas de él. Estaba seguro de que no se equivocaba, aunque Meggie no estuviera aún dispuesta a admitir a qué estaba jugando.

¿Sospecharía inconscientemente que él era Don Juan?

—¡Caleb! —exclamó al tiempo que le daba un abrazo—. ¿Llevas aquí mucho tiempo?

—Unos minutos.

—¿Me has visto bailar? —le preguntó ella, bajando las pestañas, mientras se secaba el cuello con una toalla.

Timidez. Estaba flirteando, tanto si ella quería admitirlo como si no.

—Sí… —susurró Caleb. El tono de su voz era mucho más sexy de lo que habría deseado, pero no pudo evitarlo.

Meggie levantó la cabeza. Tenía una expresión atónita en los ojos y las pupilas dilatadas.

«Sinceramente, no sabe lo que me está haciendo. Está todo en su subconsciente».

—Se te da muy bien —dijo en voz alta.

—Gracias. Me gusta mucho bailar.

—Podrías ser una profesional.

—No. Soy enfermera vocacional, pero

bailar es mi pasión.

—Lo recuerdo.

—¿De verdad?

Caleb se metió las manos en los bolsillos para no tocarla.

—Un año, por tu cumpleaños, creo que probablemente tenías ocho o nueve años, tu madre te compró un vestido de bailarina de ballet de color rosa y te pasaste todo el verano haciendo piruetas por las calles de Bear Creek. Me acuerdo que yo pensaba que parecías una bola de algodón dulce.

—¿Te acuerdas de eso? Pero si sólo tenías… ¿Cuántos? ¿Seis, siete años?

—Me acuerdo de muchas cosas, Meggie.

Ella se sonrojó y apartó la mirada. Entonces, indicó con la mano el vestuario femenino.

—Escucha, voy a ir a darme una ducha y a cambiarme. Estaré lista dentro de veinte minutos. ¿Te parece bien?

—No me importa esperar. Me sentaré en ese banco —dijo, señalando uno que había allí cerca—. Tómate tu tiempo.

—Eres un cielo.

Extendió la mano para alborotarle el cabello de aquel modo tan irritante, pero, cuando estaba a punto de hacerlo, pareció darse cuenta de lo que estaba haciendo y retiró la mano. Sin decir nada más, se dio la vuelta y se metió en el vestuario.

Caleb se sentó con una sonrisa en los labios. Aquel día debía marcarse en el calendario. Meggie Scofield había dejado de revolverle el cabello. Un pequeño paso en la dirección a la que él quería ir, pero no era suficiente. Quería que ella avanzara más deprisa. Necesitaba un arma de peso en su campaña para persuadir a Meggie de que dejara de verlo como un amigo de la infancia y que empezara a considerarlo como un amante en potencia.

¿Qué haría falta para convencerla?

Reclinó la cabeza y ésta se chocó con el tablón de anuncios. Una chincheta se cayó del corcho, rebotó en la cabeza de él y cayó al suelo. Una hoja de papel de color naranja salió volando y fue a caer debajo del banco.

Caleb se levantó, recogió la chincheta y metió la mano por debajo del banco para recoger el papel. Estaba a punto de volver a prenderlo en el tablón de anuncios cuando algo le llamó la atención. Sin que pudiera evitarlo, una idea empezó a tomar forma en el interior de su cabeza.

Las clases de bailes de salón empiezan el viernes.

¿Estás buscando el modo de seducir a tu

chica? Prueba la salsa. Ella será como masilla entre tus dedos. ¡Garantizado! Aunque no hayas bailado en toda tu vida, nuestros profesores, el aclamado bailarín de flamenco Raúl Román y su encantadora esposa Luisa te pondrán enseguida a bailar el tango, el merengue, la cumbia y mucho más en diez fáciles clases. ¡Apúntate hoy mismo en Secretaría!

Caleb miró la hoja de papel. Era como si lo ocurrido hubiera sido provocado por intervención divina. Estaba buscando el modo de seducir a su chica y a Meggie le encantaba bailar.

Bailes de salón. Era la solución perfecta a su dilema.

Con resolución, colocó la hoja de nuevo en el tablón y se fue a buscar la Secretaría.

Capítulo doce

MIENTRAS se quitaba el vestido con el que bailaba la danza del vientre, Meggie se preguntó por qué el pulso le latía tan aceleradamente. Por desgracia, le daba la sensación de que la velocidad de los latidos de su corazón no tenía nada que ver con el ejercicio que acababa de hacer y mucho con el modo en el que Caleb la había estado mirando.

«No seas tonta», se dijo. «Caleb no te estaba mirando de un modo diferente a como lo ha hecho siempre». Si por alguna casualidad la estaba mirando de otra manera, seguramente se debía a aquel vestido tan sexy. Era un hombre sano y ella iba vestida con un traje muy sugerente. ¿Qué esperaba?

No debería haberle dicho que fuera a buscarla al estudio de baile, especialmente en la noche que realizaban el ensayo con vestuario para una exhibición próxima. ¿En qué había estado pensando?

En realidad, el estudio estaba mucho más cerca de La Aguja Espacial, el restaurante al que tenía la intención de llevarlo para cenar, que su apartamento. Sin embargo, si era sincera consigo misma, ¿no iba a admitir que tal vez, sólo tal vez, había querido que Caleb la viera así vestida?

¿Por qué? Aquélla era la pregunta del millón.

Sacudió la cabeza para librarse de aquel pensamiento y comenzó a enjabonarse el cuerpo. Mientras lo hacía, notó que sus pensamientos volvían a centrarse en Caleb. Era un hombre maravilloso. Era una pena que no hubiera sido capaz de encontrar a la mujer adecuada, especialmente después de que todos sus amigos de Bear Creek encontraran a la mujer de sus sueños. Seguramente se sentía algo desplazado.

Se deslizó las manos por el cuerpo, enjabonándose el vientre y más allá. Sentía un hormigueo donde se tocaba. Se alegraba de que Caleb hubiera ido a Seattle. Necesitaba pasar un tiempo alejado de Alaska. Había sido muy divertido reencontrarse con su viejo amigo.

De repente, sin previo aviso, le asaltó el pensamiento una imagen que tenía poco de platónica. Se imaginó a Caleb allí en la ducha con ella. Él le estaba lavando el triángulo de vello entre las piernas. Le frotaba lentamente sus partes íntimas con sus largos dedos, estimulándola hasta el máximo mientras ella se apretaba contra su húmedo

216

y desnudo cuerpo…

¿En qué diablos estaba pensando? Caleb era su amigo, el chico con el que se había pasado veranos jugando al escondite. No debería tener aquella clase de pensamientos sobre él. Caleb no era la clase de hombre que aparecía en las fantasías de una mujer.

«¿No? Te he visto mirándolo de arriba abajo. No puedes negar que es muy guapo. Admítelo, Meggie. Caleb ha crecido para convertirse en un hombre muy atractivo».

—¿Adónde vamos? —preguntó Caleb mientras salían del estudio de baile. Acababa de apuntarse a diez clases de bailes de salón y no podía dejar de sonreír. Iba a sorprender mucho a Meggie cuando la llevara a bailar.

—A la atracción turística número uno de Seattle.

—¿Y es?

—La Aguja Espacial, por supuesto.

—¿Cómo has dicho?

Caleb se detuvo en seco. No estaba seguro de que Meggie supiera el miedo que tenía a las alturas hechas por el hombre, como los rascacielos. No quería admitir dicha debilidad, pero pensar que iban a subir a La Aguja Espacial lo descomponía por completo.

—He hecho reservas en SkyCity, el restaurante giratorio que hay en lo más alto de la aguja. Preparan un delicioso cóctel de cangrejo y su postre más famoso, La Órbita Lunar, está para morirse. Después, pensé que podríamos ir al mirador para contemplar las luces de la ciudad. Hace mucho tiempo que no he subido. Lo estoy deseando.

Caleb la miró y sintió que el corazón le daba un vuelco en el pecho. Tenía la bolsa en la que guardaba sus cosas en una mano y las llaves del coche en la otra. Llevaba puesta una falda de vuelo color marrón, unas botas negras y una camiseta de lycra de color negro. Sobre los hombros, llevaba una chaqueta de punto de color crema. Su cabello negro y corto, aún húmedo por la ducha, se le rizaba deliciosamente alrededor del rostro. Se había puesto un poco de lápiz de labios y un poco de rímel, lo que acrecentaba su belleza natural sin basarse exclusivamente en los cosméticos.

No era una belleza al uso de modelos y estrellas de cine, pero, a sus ojos, Meggie era la criatura más hermosa sobre la faz de la Tierra. Sólo mirarla hacía que él cambiara de un modo que no podía expresar verbalmente. Hacía que quisiera pasar menos tiempo a solas en medio de la naturaleza y más en el mundo con la gente. Resultaba una sensación muy extraña para un hombre tan introvertido como Caleb, por lo que él no comprendía del todo aquellos nuevos sentimientos.

Ella le estaba sonriendo. Si quería ir a La Aguja Espacial, allí sería adonde irían. Con fobia o sin ella.

Aquel arranque de valentía le duró hasta que vio que tenía que meterse en el estrecho ascensor de La Aguja Espacial. Al llegar, una agradable señorita les explicó las virtudes del ascensor de cristal junto con otros visitantes.

—Ha llegado la hora de enfrentarse al miedo, Greenleaf —gruñó.

—¿Cómo dices? —le preguntó Meggie.

—Todos a bordo —anunció la señorita quitando la cuerda de terciopelo que impedía la entrada al ascensor.

Caleb permaneció inmóvil.

—Vamos —le dijo Meggie con una sonrisa. Entonces, le agarró la mano.

«Puedes hacerlo. No hay nada que temer. Sólo es un ascensor».

Buscó consuelo en el contacto de la mano de Meggie y entró en el ascensor. La señorita les pidió que entraran un poco más para hacer sitio para otras personas. Caleb apretó los dientes y se acercó al cristal exterior, desde el que se dominaba el suelo con una vista de vértigo.

El ascensor fue subiendo. ¿Por qué tendría que hacer tanto ruido? No era normal que el paisaje se fuera haciendo borroso tan rápidamente.

«Arriésgate. Tú puedes hacerlo, no sólo por Meggie sino para demostrarte a ti mismo que puedes cambiar. Que puedes afrontar tus temores. Que te puedes acoplar a la vida en la ciudad».

Para su alivio, llegaron al restaurante sin incidente alguno. La camarera los llevó a una mesa desde la que se dominaba una espectacular vista de Seattle. Caleb se sintió algo tembloroso, pero respiró profundamente y consiguió controlarse mirando el hermoso rostro de Meggie iluminado por la luz de las velas. No iba a dejar que un mal recuerdo de la infancia controlara su vida.

—¿No te parece fantástico? —le preguntó Meggie mientras admiraba la vista.

—Sí —respondió él.

Mucho más fabulosa que la vista era la mujer que tenía frente a él. Cuando Meggie le sonrió, se sintió como si le hubieran dado el más maravilloso de los regalos.

Tal y como Meggie le sugirió, pidió el cangrejo. Ella no dejaba de hablar y parecía algo nerviosa, como si temiera darle una oportunidad al silencio. Caleb se preguntó por qué. Meggie y él habían estado en agradable silencio en muchas otras ocasiones.

—¿Qué te parece Seattle? —le preguntó ella.

—Es un lugar muy romántico, para ser una ciudad. Por supuesto, nada supera a Bear Creek en belleza.

—¿Romántico, dices? Yo no puedo decir que haya pensando nunca que Seattle es un lugar romántico. Llueve demasiado.

—La lluvia puede resultar muy sexy.

—¿Sí?

—Claro. Como la otra noche en tu apartamento. Un buen fuego, buena compañía y la lluvia tamborileando sugerentemente en el tejado.

—¿Te pareció que eso era romántico? Dios santo, Caleb. Tienes que salir más.

—Por eso estoy aquí.

—¿De verdad?

—Sí. He venido a Seattle para explorar los límites del romance.

—Ahora me estás tomando el pelo...

—Un poco —admitió él—, pero confieso que... que estoy buscando algo.

—¿Y lo has encontrado ya?

—Tal vez. No estoy seguro.

—Oh.

Caleb la miró. Vio que ella estaba revolviendo muy lentamente la comida en el plato.

—¿Ocurre algo?

—No.

—¿Sigues pensando en ese Don Juan?

—No —respondió ella, aunque bajó la mirada.

—¿Has derrotado ya a tu obsesión?

—Sí. Hablar de ello me ha ayudado mucho. Gracias.

Caleb no estaba seguro de si debía creerla. Había algo diferente entre ellos y no sabía que. Ni por qué.

Cuando el camarero se llevó los platos, les llevó café, dos cucharas y el espectacular postre La Órbita Lunar, que resultó ser una enorme copa de diferentes helados en medio de hielo líquido que imitaba la niebla de Seattle. Meggie tomó una cucharada de helado. Caleb no dejaba de mirarla, fijándose en sus labios cuando ella se introdujo la cuchara en la boca.

—Mmm...

Cuando sacó la lengua para relamerse un poco de helado del labio inferior, Caleb se echó a temblar.

—¿Te encuentras bien, Caleb?

—Sí... Yo...

—¿Ocurre algo?

—Claro que no —mintió—. Estoy bien.

Permanecieron allí un rato, disfrutando de las luces de la ciudad y saboreando el postre. Meggie trató de pagar la cena, pero Caleb se negó incluso a que la abonaran a medias.

—No. Te invito yo —insistió.

—Muy bien, me rindo. Paga tú.

—Gracias.

—¿Sabes una cosa? La mayoría de los hombres no dudarían en aprovechar la oportunidad de que la chica con la que han salido sea la que pague.

—Yo no soy la mayoría de los hombres.

—No —dijo ella, tras mirarlo con una expresión pensativa en el rostro—. No lo eres.

—Además, esto no es una cita.

—Eso es cierto.

—Así es.

Caleb se puso de pie, agarró la chaqueta de punto que Meggie había colgado del respaldo de su silla y la ayudó a ponérsela.

—¿Estás listo para ir al mirador? —preguntó ella, demasiado alegremente.

—Sí.

En realidad no quería ir, pero deseaba estar con Meggie. Era capaz de cualquier cosa con tal de prolongar la velada, aunque ello supusiera subir a un mirador.

Meggie le indicó cómo salir del restaurante. Subieron un corto tramo de escaleras. En el momento en el que ella lo tomó de la mano, el corazón empezó una alocada carrera, como lo había hecho en la ducha. ¿Qué le ocurría? El hombre que la acompañaba era Caleb, no Don Juan. ¿Por qué se habían descontrolado sus hormonas?

Desconcertada, le soltó la mano y salió al mirador. Allí, se acercó a la barandilla y empezó a contemplar la noche. Cuando sintió que Caleb no estaba a su lado, se dio la vuelta y vio que él aún estaba en la puerta.

—Vamos —le dijo.

—Estoy bien aquí

—La vista es estupenda. Ven a mirar el puerto.

—Míralo tú.

—¿Qué es lo que te pasa, Greenleaf? ¿Es que tienes miedo?

—En realidad, sí.

—¿Tú? No me lo creo.

—Pues es cierto. Me dan miedo las alturas.

—Pero tú escalaste el monte McKinley con Quinn. Además, trabajas en el equipo de rescate de montaña.

—No me dan miedo las alturas en sí mismas, sino las construidas por el hombre. Torres, rascacielos, ascensores que suben más de diez o doce pisos…

—Es cierto. Recuerdo que Jesse me contó algo al respecto. Te perdiste en un ascensor de la Torre Eiffel cuando eras niño.

—De perderme nada. Jesse me abandonó.

—¿De verdad?

—Sí.

—Se suponía que tenía que cuidar de mí, pero se distrajo con una chica y me dejó solo en el ascensor. Tuve la mala suerte de que el ascensor se atascara y estuve allí colgado más de dos horas.

—Hasta entonces era un irresponsable.

—Así es.

Se sonrieron.

El hecho de que Caleb hubiera admitido su punto débil la sorprendió. Nunca se había imaginado que Caleb tendría miedo de algo. Pensó en Don Juan y en lo que él le había enseñado sobre sí misma. Le había mostrado cómo correr riesgos y le estaría siempre agradecido por aquella lección.

Extendió una mano hacia Caleb.

—Recientemente he aprendido una lección sobre lo de enfrentarse a los temores de uno.

—¿Sí?

—Sí.

—¿Y cuál es esa lección?

—Si quieres descubrir de qué pasta estás hecho, tienes que correr algunos riesgos. Vamos. Ven conmigo. Yo tengo fe en ti.

—Meggie, no sabes el desafío que eso supone para mí.

—Eso es maravilloso. Cuanto más grande

es el riesgo, mayor es la recompensa.

—¿Tú crees?

—Lo sé y también sé que me darás las gracias por la mañana.

Caleb empezó a dirigirse hacia ella. Meggie vio que hacía un gesto de terror.

—Puedes hacerlo —lo animó.

—Espero que esto merezca la pena.

—Confía en mí. Da un paso cada vez.

Así lo consiguió. Paso a paso, llegó a la barandilla del mirador. Cuando lo consiguió, esbozó una sonrisa que le robó a Meggie el corazón.

—¡Bien! ¡Lo has conseguido! Enhorabuena. Has superado tu miedo a las alturas —murmuró. Con un gesto espontáneo, lo rodeó con los brazos. Entonces, sin darse cuenta de lo que iba a hacer, lo besó.

Caleb la tomó entre sus brazos cuando los labios de Meggie se hundieron en los suyos, envolviéndola así con su aroma.

Que Dios la ayudara. Nunca había tenido la intención de darle un beso de verdad. De algún modo, la intención del beso se había distorsionado y no había podido controlar lo que ocurrió a continuación. Podía echarle la culpa a Don Juan, a la luna o al hecho de que, por primera vez, estaba viendo a Caleb como era y no como el muchacho que había sido. Era un hombre hecho y derecho. De eso no había duda alguna.

Se fundió contra su cuerpo e incrementó la presión de los labios, obligándolo a él a separar los suyos y gozando con su propia osadía. Caleb no era el único que estaba corriendo riesgos aquella noche. Ella nunca había iniciado un beso.

Suavemente, le pasó la lengua por los labios, lenta y perezosamente. La cabeza empezó a darle vueltas al darse cuenta de su propia audacia cuando profundizó más y más el beso.

Caleb sabía a helado y a café. Y a algo más. Un sabor dulce y familiar que no era capaz de nombrar.

De repente, su cerebro comenzó a protestar.

«¡Basta ya! ¿Qué crees que estás haciendo? Y lo que es más importante: ¿qué mensaje le estás enviando a Caleb? Le estás dando ideas que no podrás sustentar. Serénate, Meggie. Serénate ahora mismo».

Con un gutural gemido, Caleb arqueó el cuerpo contra el de ella. Cuando extendió una mano para agarrarle la cadera, Meggie abrió los ojos. La estaba mirando y ella supo entonces que estaba metida hasta el cuello. De repente, se sintió muy asustada por lo que había hecho y se apartó de él.

—Yo... Yo no quería hacer eso —tartamudeó—. Por favor, no te tomes esto equivocadamente. Yo no estaba intentando seducirte.

—Pues podrías haberme engañado.

La voz de Caleb era dura y seca. ¿Estaba enfadado o desilusionado? Fuera lo que fuera, era culpa de Meggie y ella lo sabía. No obstante, no había querido hacerlo. Simplemente había ocurrido.

—Lo sé. Lo siento —dijo. Se dio la vuelta, incapaz de seguir mirándolo a los ojos. ¿Qué pensaría de ella?

—¿Sientes haberme besado?

—Me siento algo confusa. Entre el hecho de que Jesse me abandonara y el asunto con Don Juan... En estos momentos me siento muy confusa y lo estoy pagando contigo. Eso ha estado muy mal por mi parte.

—No has hecho nada malo.

—Creo que se está haciendo tarde —dijo ella, mirando el reloj—. Ya hemos tenido suficiente excitación por una noche. ¿Qué te parece si damos la noche por terminada?

—Meggie...

Caleb extendió una mano, pero ella se apartó. No podría soportar que él le dijera algo amable sólo para hacer que se sintiera mejor por haberse comportado como una ninfómana.

—No te preocupes, Caleb. Créeme. Ese

beso no significa nada para mí. Absolutamente nada.

—¿Nada?

—De hecho, ya se me ha olvidado. De verdad —mintió, como si besara a los hombres así todos los días.

—Y supongo que quieres que yo también me olvide de todo.

—Si no te importa...

—Tal vez sí me importa.

—Caleb, por favor... He tomado demasiado vino. No hay nada más.

Él la miró durante un largo instante sin decir nada. La expresión de su rostro hizo que el corazón de Meggie diera un salto. Se sentía como si hubiera sobrepasado una frontera infranqueable y ya no pudiera solucionarlo, fuera lo que fuera que dijera o hiciera.

Un grupo de personas subió al mirador desde el restaurante y, afortunadamente, rompieron el incómodo silencio que había entre ellos.

—Quiero marcharme.

Una extraña mezcla de tristeza, vergüenza y culpabilidad se apoderó de ella. Aquel desafortunado episodio no sólo iba a mantenerla despierta toda la noche, sino que la horrorizaría cada vez que lo recordara. ¿Cómo podía haber sido tan estúpida?

El paseo hacia el coche transcurrió en medio de un silencio que ninguno de los dos quería romper. Caleb le abrió la puerta del coche. Meggie se sentó tras el volante y levantó los ojos, como para implorarle que la perdonara.

—¿No vas a entrar? —le preguntó, al ver que no se movía.

—Creo que iré andando. Mi hotel está a pocas manzanas de aquí.

Los ojos de Meggie se llenaron de lágrimas. Ni siquiera quería estar en el mismo coche que ella. ¿Lo había estropeado todo entre ellos? ¿Significaría aquello el final de su amistad?

—Hace frío.

—Estaré bien.

—¿Quieres que salgamos mañana por la noche? —insistió ella—. Puedo conseguir entradas para el partido de los Sonics.

—Mañana por la noche ya he quedado.

—¿Y el miércoles?

—Tampoco.

—¿Qué te parece el sábado? Podríamos ir al acuario. O dar un paseo en barco por el puerto.

—Creo que voy a estar muy ocupado durante las próximas dos semanas.

—Oh.

Él extendió la mano y le pasó un dedo por

la mejilla. Aquel contacto le prendió fuego en la piel.

—No es lo que piensas.

—¿No estás tratando de evitarme?

—Claro que no.

—Entonces... Oh. Has conocido a alguien

—Algo así —dijo él, con una suave sonrisa—. Es una dama muy especial.

¿Cómo podía haber sido Meggie tan egoísta? El beso no lo había asustado del modo en el que había imaginado. Caleb había conocido a otra mujer y ella había estado pensando que le había asqueado su beso. ¡Qué tonta!

—Vaya, eso es estupendo —dijo—. Fabuloso. Me alegro mucho por ti.

—¿De verdad?

—Claro que sí.

—¿Y el beso del mirador?

—Ya te he dicho que no significa nada. Vete. Disfruta de tu novia. Tienes mi bendición.

Capítulo trece

ACUDIÓ a ella en sueños. Vestido completamente de negro. La vaporosa camisa blanca se había visto reemplazada por un chaleco de cuero negro. Nada más. Sólo cuero y piel desnuda.

¿Era aquello un sueño o una realidad que tenía miedo de admitir? Desde el momento en el que lo conoció, se había visto atrapada por aquella seductora fantasía, en la que la realidad y los sueños se mezclaban para formar algo profundamente erótico.

La miraba fijamente. Sus ojos azules resultaban tan enigmáticos como siempre detrás del antifaz. La mandíbula se le tensó cuando se dio cuenta de que ella sólo llevaba puesto un vestido de gasa roja.

Lo agarró con fuerza por la barbilla. Deseaba apretar la lengua contra ella, saborear la sal de su piel. Él la tomó entre sus brazos. Cuando la dura piel de los dedos rozó a Meggie en la muñeca, ella siseó como si se quemara. La firmeza de la mano provocó que un calor líquido se le acumulara en la tierna carne de la entrepierna.

La expresión de él era inescrutable. No

sonreía. Tiró de ella y le capturó los labios con un beso tan tempestuoso que le arrebató el aliento. Le introdujo la lengua muy profundamente en la boca. El sabor de él la llenó completamente. El bigote le arañaba el labio superior con un ligero cosquilleo que le provocó un lánguido temblor en la espalda. La piel de ella vibraba de placer. Los pezones se le pusieron erectos.

Él lanzó un sonido animal y frotó la pelvis contra la de ella. Sus cuerpos encajaban perfectamente. Era tan agradable... Ella respiró con fuerza contra la boca de él, aspirando el aroma a hombre, a cuero y a sexo.

—Don Juan... —gimoteó.

—¿Sí?

—Quiero tenerte dentro de mí. Ahora.

Él la empujó sobre la cama y apretó su cuerpo contra el colchón. Se quitó el chaleco y los pantalones y se colocó encima de ella. Con un gesto brusco, le rasgó la tela del camisón y dejó al descubierto su desnudez. Aquello era precisamente lo que había echado de menos. Lo que deseaba. Su fuerza. Su osadía. Su atrevimiento.

—Date prisa, por favor. Date prisa —suplicó—. Estoy húmeda y lista para ti.

Él la penetró. Dura, caliente y poderosamente. Una y otra vez. Meggie se sintió como si los pulmones se le hubieran quedado sin aire. Cuando alcanzaron el orgasmo al unísono, gritaron y jadearon juntos desesperadamente. Él se derrumbó sobre ella, empapado en sudor y en jugos de amor. Lenta, muy lentamente, consiguieron bajar del paraíso.

—Déjame ver tu rostro —susurró ella, unos minutos más tarde—. Debo saber quién eres.

—Cuánto he esperado a que me dijeras eso.

Entonces, levantó la cabeza, se quitó el antifaz y el falso bigote y reveló su rostro ante ella. ¡Dios! ¿Qué había hecho? ¡Su amante enmascarado era Caleb!

Entonces gritó y se despertó. Se sentó de un salto en la cama, con el corazón a punto de salírsele del pecho y el cuerpo empapado en sudor. El sueño había sido tan real... Demasiado real.

Con las piernas temblándole se fue al cuarto de baño y se dio una ducha fría para refrescarse la caldeada piel. Mientras se secaba el cuerpo, que le dolía tanto como si en realidad hubiera hecho el amor, se preguntó por qué habría soñado que Caleb era Don Juan.

A continuación, completamente confusa, se dirigió a la cocina y se sirvió un vaso de zumo de tomate. Entonces, se sentó a la mesa y trató de descifrar su sueño. ¿Acaso quería que Caleb fuera Don Juan?

Se mordió el labio inferior. Los dos hombres eran tan diferentes como la noche y el día, aunque poseyeran similares características físicas. Los dos eran altos, esbeltos, de cabello oscuro y ojos azules.

Don Juan era un hombre intrépido y osado, no la clase de hombre con el que se casaba una mujer. Caleb era dulce, amable y cariñoso, el tipo de novio al que a una mujer le encantaría presentarle a su madre. Desgraciadamente, no podía tener a los dos. El excitante amante que le hacía hervir la sangre mezclado con el hombre con el que una siempre podía contar.

De repente, encontró una respuesta. No era de extrañar que hubiera soñado que Caleb era Don Juan. Se sentía atraída por ambos, pero también tenía reservas sobre los dos. Caleb era demasiado callado, demasiado familiar. Don Juan demasiado salvaje, demasiado arriesgado. Su subconsciente simplemente había mezclado a los dos en un hombre solo. En el hombre perfecto que no existía.

—Eres el hombre más dotado para el baile al que he tenido el privilegio de enseñar

—le dijo a Caleb Luisa Román, dos semanas y diez clases más tarde—. Además, eres un alumno muy concienzudo. Nunca había visto a nadie aprender el tango con tanta facilidad.

—Gracias —repuso Caleb mientras aceptaba el certificado que ella le entregaba.

Su profesora no conocía la mitad de la historia. Durante aquellos catorce días, cuando no estaba ni en el hospital con sus conferencias ni en el estudio de baile con sus clases, había estado en la habitación de su hotel practicando los sensuales movimientos.

La semana anterior había estado a punto de encontrarse con Meggie en el vestíbulo del estudio cuando ella salía de su clase de danza del vientre, pero, afortunadamente, él la había visto primero y había podido meterse a tiempo en el vestuario masculino. Aunque resultaba un poco cruel, prefería que ella pensara que estaba con otra mujer a que descubriera su plan antes de que él estuviera listo.

Sin embargo, el tiempo no estaba de su lado. Se iba a marchar de Seattle el próximo martes. Tenía que actuar con rapidez. Estaba decidido a impresionar a Meggie. A hacer un gran gesto romántico. A darle una noche que recordara durante el resto de su vida. Una noche que ninguno de los dos olvidara.

Estaba dispuesto a arriesgarlo todo con tal de conquistarla. Iba a demostrarle que el beso en el mirador había significado algo muy especial.

Las clases habían terminado. Incluso había impresionado a Luisa Román. Ya estaba listo.

A pesar de que había sido una verdadera tortura, no había llamado a Meggie en aquellas dos semanas. Quería que ella pensara en él, que recordara su beso, que se preguntara lo que significaba. Sí. Estaba jugando con ella, pero contaba con que la recompensa fuera inmensa.

El amor.

¿Tendría valor para seducirla sin el antifaz de Don Juan? Lo averiguaría el sábado por la noche, cuando la llevara a bailar. Imaginó el momento y el corazón se le hinchió con un abanico de posibilidades. Entonces, Luisa Román dijo algo que cambió la trayectoria de sus planes.

—Como eres mi mejor estudiante, te hablaré de un lugar muy especial.

—¿Cómo dice?

Ella le puso una tarjeta en la mano. Caleb miró las letras negras, que decían simplemente La Habitación Misteriosa, con una dirección debajo.

—¿La Habitación Misteriosa?

—Es un club muy exclusivo, que ofrece lo mejor en bailes de salón y algo más —respondió Luisa, con voz baja y sugerente.

—¿Un poco más?

—Los clientes asisten con disfraces y antifaces. No se permite que nadie lleve el rostro al descubierto.

Aquel pensamiento le provocó una oleada de excitación en el cuerpo. Caleb supo entonces que actuaría como Don Juan por última vez para hacer que Meggie acudiera a La Habitación Misteriosa.

—Es muy erótico —prosiguió Luisa—. Si tienes una dama muy especial, tal vez te gustaría alquilar una de las habitaciones que hay encima del club. Resulta sorprendente lo que una noche de misterio puede hacer por la vida amorosa de una pareja.

—Ni que lo diga.

Perfecto. Las piezas de su plan encajaban perfectamente. Invitaría a Meggie al club y bailaría con ella toda la noche. Después, la llevaría arriba, le haría el amor y se quitaría el antifaz.

—Hola, Meggie, ¿me estás escuchando?

La voz de Wendy la sacó de su ensoñación.

—¿Eh?

—Te he preguntado dos veces qué te parecería si me afeitara la cabeza y ni siquiera has parpadeado, con lo que mucho menos me has dado una opinión. Estás a millones de kilómetros de aquí. ¿Qué te ocurre? ¿Sigues añorando a ese tipo extranjero?

Meggie negó con la cabeza. Estaban en su apartamento, midiendo las nuevas cortinas para el salón. Había decidido que necesitaba un cambio, pero no parecía poder concentrarse en la tarea que tenía entre manos.

No. No estaba añorando a Don Juan. Estaba pensando en Caleb. En realidad, preocupándose por él. En lo que se refería al ambiente de la gran ciudad, era un novato y no hacía más que pensar cómo sería la mujer con la que estaba saliendo. ¿Y si sólo era una cazafortunas? ¿Y si la desgraciada le rompía el corazón? Meggie apretó los dientes. Si eso ocurría, iría a por ella personalmente y le partiría la cabeza.

La vehemencia de sus pensamientos la sobresaltó.

—Huy, has vuelto a hacerlo. Unas veces me miras directamente a los ojos y otras estás mirando al vacío. ¿Qué es lo que te pasa? —quiso saber Wendy.

—Nada. Lo siento. Te he llamado para que me ayudes y luego no te presto atención alguna.

—Eh, ¿para qué están las amigas si no es para cuando se las necesita?

Caleb era su amigo. O, al menos, solía serlo. Demonios, ¿por qué lo había besado? Meggie hizo un gesto de desesperación y escondió el rostro entre las manos. ¿Habría estropeado su amistad para siempre?

Llevaba sufriendo por aquel estúpido beso desde hacía dos semanas, preguntándose por qué Caleb no la había llamado por teléfono. Por su parte, se sentía demasiado avergonzada de tomar el auricular y llamarlo a él. Además, se había sentido demasiado abochornada como para confesarle a Wendy lo que había hecho o hablar sobre el sueño en el que había deseado que Caleb fuera Don Juan.

—Bueno, pero no estoy segura de haberte perdonado por no haberme presentado a ese naturalista tan guapo antes de que cualquier mujer se lo quede —dijo Wendy.

—Lo siento…

En aquel momento, el teléfono empezó a sonar. ¿Sería Caleb? La esperanza se apoderó de él, tal y como le ocurría cada vez que alguien llamaba. Sin embargo, en aquella ocasión, le daba la impresión de que era él.

Cruzó rápidamente el salón y agarró el auricular.

—¿Sí? —respondió. El pulso le latía alocadamente.

—Bella mía…

—Don Juan —susurró.

En menos de un segundo Wendy se colocó delante de ella, con los ojos muy abiertos y una amplia sonrisa en el rostro. Meggie le indicó que se marchara mientras la mente le daba mil vueltas. Justo cuando creía haber dejado a Don Juan en el pasado, él volvía a aparecer.

—Pareces desilusionada —dijo él, con su habitual acento español.

—Oh, no. No me siento desilusionada. Es sólo que estaba esperando la llamada de otra persona.

—Ah. ¿Otro amante?

—No, no. Un amigo.

—Te he echado de menos —murmuró, haciendo que Meggie sintiera una extraña debilidad en las rodillas.

—No esperaba que volvieras a llamarme.

—¿Por qué?

—Por el modo en el que te marchaste la última vez que estuvimos juntos. Di por sentado que todo había terminado.

—Nunca des nada por sentado. La vida está demasiado llena de sorpresas.

—¿Has vuelto a Seattle por negocios? —le preguntó ella, sin lograr identificar lo que estaba sintiendo.

—Sí. Y deseo volver a verte.

Meggie sintió que un escalofrío le recorría la espalda.

—¿Sigues ahí, Meggie?

—Sí, sigo aquí.

—¿Estás ocupada el sábado por la noche?

La voz de su interior le recomendaba que dijera que sí, pero de repente descubrió que deseaba verlo. Quería volver a enterrarle los dedos en el cabello, sentir sus besos y sus caricias. Don Juan la había ayudado a curarse sexualmente. Lo que existía entre ellos era perfecto y no la extraña relación que tenía con Caleb. No había información personal ni ataduras. Ni enamoramientos ni sufrimiento. A pesar de todo, comprendía que su relación con Don Juan resultara muy peligrosa. Estaba arriesgándose mucho, caminando. sobre la débil cuerda floja que separaba el sexo de algo más. Resultaba muy fácil confundir amor y sexo. Si volvía a ver a Don Juan, tenía que tener muy clara una cosa. Sólo sería sexo. Nada más.

—Sí, estoy libre el sábado por la noche —dijo.

—Muy bien. Me haces muy feliz. Ahora, tengo un favor que pedirte.

—Tú dirás.

—Te voy a enviar un disfraz. Póntelo. Dentro de la caja encontrarás la dirección de un club. Reúnete allí conmigo a las ocho

del sábado por la noche. Te estaré esperando
—susurró. Entonces, muy suavemente, colgó
el teléfono.

La Habitación Misteriosa, un acogedor club
nocturno a rebosar de personas ataviadas
con exóticos disfraces, rezumaba sensuali-
dad. La orquesta de salsa estaba tocando la
lambada y el ambiente en la pista de baile
era muy caliente.

Caleb miró el reloj. Las ocho y cinco. El
corazón le latía aceleradamente. Estaba deseando ver a Meggie entrar por la puerta.
Se había colocado justo en la pared opuesta
para verla en el momento en el que ella atra-
vesara el umbral. ¿Y si no se presentaba?

Caleb se mordió una uña. Meggie tenía
que acudir. El deseo que sentía por ella era
demasiado abrumador y tan intenso que
creía que no podría resistir la desilusión si
Meggie no aparecía.

En aquel mismo instante, ella entró en la
sala. Estaba muy hermosa con aquel atuendo flamenco, negro con lunares rojos, que él
le había enviado a su apartamento. Llevaba
el cabello recogido y adornado con una rosa.
Además, se había puesto la mantilla y el antifaz negro que él había incluido en la caja.

Caleb sintió un nudo en el estómago. En

aquel momento lo comprendió todo. Quería tener hijos con ella. Y nietos. Quería estar con Meggie Scofield durante el resto de su vida.

Tendría que habérselo imaginado. Tendría que haber previsto que lo que sentía por ella iba más allá del deseo físico. El sexo, en vez de liberarlo, había hecho aún más profundos sus sentimientos. Sin ella, estaba perdido.

Meggie parecía algo confusa. Miraba hacia todos lados. Mientras Caleb se acercaba a ella, levantó una mano para tocarse el cabello y asegurarse de que tenía la rosa en su sitio. Cuando lo vio, esbozó una sonrisa de alivio. Caleb se encontró sonriendo como un idiota enamorado. Ella se mojó los labios con la punta de la lengua. Cuando él extendió la mano para agarrarla del codo, notó un delator rubor en el cuello y que la respiración se le había acelerado.

—Has venido… —dijo él. Se inclinó sobre ella para rozarle los labios con los suyos a modo de saludo.

Había esperado que el beso sería ligero, un aperitivo de lo que estaba por venir. Sin embargo, en el momento en el que su carne tocó la de ella, todo cambió. No saborearla hubiera sido un pecado mortal Aparentemente, Meggie estuvo de acuerdo por que le devolvió el beso con una ferocidad que turbó a

Caleb de la cabeza a los pies.

Pensó en la habitación alquilada que los esperaba arriba y sintió que la temperatura corporal le subía unos grados. Iba a seducirla aquella noche como ningún hombre lo había hecho nunca. Cuando se retirara el antifaz y ella conociera su verdadera identidad, no podría negar los sentimientos que le profesaba. La seduciría no sólo con la danza del amor, sino también con todo su corazón y toda su alma. Estaba dispuesto a arriesgarlo todo.

—Estuve a punto de no venir —confesó ella—, pero nunca me puedo resistir al deseo de bailar.

—¿Ni al de jugar?

—Ni al de jugar —admitió ella, con una sonrisa.

—En ese caso bailemos, bella mía. Y juguemos. Hasta el alba, si así lo deseas.

Caleb les hizo un gesto a los músicos de la orquesta, gesto que habían acordado antes y que le había costado una buena propina, pero mereció la pena. Muy suavemente, los músicos pasaron del mambo al tango.

Él hizo una profunda reverencia y le ofreció a Meggie la mano con un exagerado ademán. El rubor que le cubría a ella las mejillas se profundizó aún más, pero aceptó el brazo que él le ofrecía. Juntos, se dirigieron a la pista de baile.

La dramática música se adueñó de ellos con su hipnótico ritmo. Caleb se dejó llevar y se entregó por completo al baile. Por su parte, Meggie inclinó la cabeza y le dedicó una tímida sonrisa.

—Eres un excelente bailarín, Don Juan.

—Sólo acabamos de empezar.

Ante aquellas enigmáticas palabras, Meggie sintió que iba perdiendo poco a poco el autocontrol. Aquel hombre sabía cómo seducir a una mujer. Sabía que no debía haber ido, pero ya era demasiado tarde. Decidió entregarse a la locura.

Bailó con Don Juan como nunca lo había hecho con otro hombre. Se movían al unísono, con los cuerpos muy apretados y realizando los movimientos con increíble fluidez.

Meggie sintió que una tranquila calidez iba reemplazando el nerviosismo que había experimentado anteriormente. Sintió una paz como nunca antes había conocido. Su confusión y sus dudas por haber acudido a aquel club se desvanecieron poco a poco.

Reconoció el vínculo que existía entre Don Juan y ella. Eran un alma, una entidad, mucho más que lo habían sido al hacer el amor. Él la miraba atentamente y ella no podía apartar los ojos. Ni quería hacerlo.

Todo el mundo había abandonado la pista

de baile y los observaban con admiración, aunque Meggie no se dio cuenta de que los estaban mirando. Toda su atención se centraba en Don Juan, en el aroma que emanaba de él y que le dominaba los sentidos. Le parecía completamente natural estar entre sus brazos, apoyar la mejilla contra la de él y cerrar los ojos.

Escuchaba los latidos del corazón de él y comprobó cómo se iban uniendo poco a poco a las notas del tango hasta hacerse sólo un sonido. De repente, comprendió que lo deseaba. Por muy estúpido e irracional que fuera volver a acostarse con él, especialmente dado que estaba teniendo también pensamientos sensuales hacia Caleb, no podía resistirse. Tendría que tener a Don Juan una vez más antes de deshacerse de su obsesión y seguir adelante con su vida.

Los dos bailaron durante lo que parecieron horas, pasando fluidamente de una pieza a otra. Sus cuerpos se rozaban, se tocaban, se excitaban. Las ropas se les humedecieron por la pasión y el sudor.

No dejaron de mirarse ni en un solo instante. Sus rostros estaban ocultos por los antifaces, pero sus almas estaban completamente al descubierto.

El sensual ritmo los iba excitando cada vez más. Los instrumentos rugían formando un bouquet musical de sensuales sonidos. La pasión que sentían el uno por el otro iba acrecentándose a cada paso que daban, atrayéndolos cada vez más profundamente a una espiral en la que sólo reinaba el apetito sexual.

Meggie se sentía muy hermosa con aquel traje. Nunca podría pagar a Don Juan por las sensaciones que estaba experimentado ataviada de aquella manera. Por su parte, él era un espléndido acompañante, una excelente pareja de baile. Ella sabía que la hacía parecer mucho mejor bailarina de lo que era en realidad.

Siguieron bailando hasta que la orquesta tocó el tango una vez más. Mientras lo miraba a los azules ojos, Meggie decidió que jamás olvidaría aquella noche ni La Habitación Misteriosa ni haber bailado el tango con él.

Cuando la pieza musical terminó, ella dejó de bailar y le colocó una mano sobre el torso.

—Tengo que beber un poco de agua.

—Por supuesto.

Se dirigieron juntos hacia una mesa. Varias de las personas que los habían estado observando los felicitaron a su paso.

—Volveré enseguida —dijo él. Entonces, se dirigió inmediatamente hacia la barra.

Meggie admiró la cadencia del movimiento de sus caderas. Tenía que admitir que tenía un trasero aún más bonito que Caleb, aunque el de éste era fantástico.

Inmediatamente, Meggie se sintió muy desleal a su viejo amigo. No debería comparar a Caleb con Don Juan. Los dos eran completamente opuestos en temperamento y comportamiento.

Se preguntó durante un momento quién era en realidad Don Juan, pero rápidamente apartó aquel pensamiento. No quería saberlo. No quería destapar algo que era mejor que permaneciera oculto.

Don Juan regresó unos minutos después con dos vasos de agua helada. Se sentó al lado de Meggie y dio un largo trago. Meggie observó cómo bebía y se dio cuenta de que lo encontraba increíblemente estimulante. La delicada tela de la camisa blanca se le pegaba por la humedad al torso. Al verlo, ella sintió que el deseo se le desataba en el vientre.

Él tenía el rostro arrebolado por el baile. Una gota de agua se le quedó colgando del labio inferior. Meggie deseó inclinarse sobre él y lamérsela, ver cómo el deseo sexual se despertaba también en los ojos de Don Juan.

Cuando Meggie se dio cuenta de que, sin esforzarse, él estaba hipnotizando a unas mujeres que había en la mesa más cercana, tuvo que hacer un gran esfuerzo para no sentir celos. Menos mal que sólo era un amante temporal y no su novio. Lo pasaría muy mal enfrentándose constantemente a la adoración del resto de las mujeres, especialmente porque no creía que Don Juan se resistiera a esas atenciones.

«La lealtad sería algo de lo que nunca tendrías que preocuparte con Caleb», le susurró una vocecilla. Caleb era hombre de una sola mujer.

Apartó aquel pensamiento. Aún no estaba preparada para enfrentarse a los sentimientos que tenía hacia Caleb. La asustaban demasiado porque sabía que él era el hombre con el que en realidad podría construirse una vida.

Sin embargo, Caleb ya tenía otra mujer y la había estado evitando con diligencia desde el beso que ella le había dado en el mirador. Suspiró. Lo había estropeado todo.

En aquel momento, Don Juan le colocó una mano encima de la suya. Meggie sintió la habitual descarga eléctrica y levantó la cabeza para mirarlo a los ojos.

—¿Ocurre algo?

—No.

—Pareces triste. ¿Soy yo la causa?

—En absoluto.

Meggie sonrió y trató de deshacerse de la tristeza que le había anidado en el corazón. Ella no era la mujer adecuada para Caleb y lo sabía. Era mayor que él y su vida estaba en la gran ciudad. Caleb necesitaba una mujer de su misma edad o más joven y a la que le gustara la vida en la naturaleza.

Don Juan se llevó la mano de Meggie a los labios y, lentamente, empezó a besarle los nudillos para luego lamerle la piel hasta que los dedos le vibraron por el ardor que él estaba poniendo. Si Caleb pudiera verla en aquellos momentos, ¿se escandalizaría por su comportamiento? Probablemente.

¿Qué le estaba ocurriendo? ¿Por qué no dejaba de pensar en Caleb cuando estaba en aquel exótico club, con un carismático hombre que la había impresionado con su forma de bailar? Se sentía muy confusa, pero sabía que aquélla sería la última vez que vería a Don Juan. Era mejor aprovechar al máximo su último encuentro.

—Este club también es un pequeño hotel —murmuró él, con voz baja y ronca—. He reservado una habitación. ¿Te gustaría subir conmigo?

Capítulo catorce

DON Juan la condujo escaleras arriba hasta el segundo piso, donde estaba la habitación que él había alquilado. Abrió la puerta, pero no encendió las luces. Sin embargo, las cortinas estaban abiertas y dejaban pasar el suave brillo de las farolas de la calle. La tenue luz iluminaba una enorme cama con dosel.

Él cerró la puerta suavemente, la tomó entre sus brazos y le pasó la punta de la lengua por los labios, introduciéndosela luego en la boca para saborear su calidez.

Meggie le agarró la cabeza entre las palmas de la mano y le hundió los dedos en el cabello negro. Sintió que se fundía en los brazos de Don Juan y decidió ofrecerse a él sin limitación alguna.

Un profundo y gutural sonido se escapó de los labios de Don Juan, un gruñido que hizo que a Meggie se le pusiera el vello de punta y que la llenó de una profunda necesidad sexual. Podría ser que aquello estuviera mal, pero que Dios la ayudara, nada le había parecido nunca tan bien.

—¿Qué juego vamos a hacer esta noche?

—le preguntó él—. Tú eliges.

—Quiero que me digas lo que tengo que hacer —respondió ella, sabiendo perfectamente lo que quería.

—¿Quieres que te ordene lo que me tienes que hacer?

—Sí. Esta noche, soy tu esclava y tú eres mi amo. Debo hacer lo que tú me digas.

—¿Estás segura? Creo que ése es un juego bastante peligroso.

—Lo sé —admitió Meggie, temblando de placer—. Precisamente por eso lo deseo.

—Eres una diosa —murmuró él.

—No. Soy una esclava. Estoy aquí para obedecer tus órdenes. ¿Qué es lo que desea, mi amo?

—Si estás segura...

—Lo estoy.

—Quítate la ropa —le ordenó él, con voz profunda y ronca. El cambio que se produjo en él la excitó y la asustó a la vez.

Con manos temblorosas, Meggie comenzó a quitarse la ropa muy lentamente. Don Juan se sentó en una silla que había delante de la ventana. No dijo una palabra, aunque no dejaba de observarla.

Meggie se quitó de una patada los zapatos de tacón y comenzó a desabrocharse los botones del vestido. Cuando finalmente se quedó tan sólo con el sujetador de encaje negro y el tanga, descubrió que no le apetecía ir más allá, aunque no sabía si se debía al nerviosismo o a un deseo de prolongar el juego. Probablemente un poco de ambos.

La erección que tenía Don Juan era evidente, incluso a través de los pantalones de cuero. De repente, parecía muy peligroso y Meggie no sabía qué esperar. Después de todo, no lo conocía ni sabía de lo que era capaz. Se cruzó los brazos sobre el pecho y se encogió.

—Ven aquí —le dijo él. Meggie dudó—. Ven aquí, esclava. No me hagas repetirlo o las consecuencias serán fatales.

La miraba con un desprecio tan arrogante que Meggie estuvo a punto de dar finalizado el juego con las palabras que habían acordado la primera vez. Sin embargo, a pesar del pánico, notó que el tanga se le iba humedeciendo poco a poco.

—¡Ahora!

Lentamente, se deslizó hasta el suelo. El pulso le latía alocadamente. De repente comprendió lo excitada que estaba y se lamió los labios.

—Ahora, desabróchame los pantalones.

No había dulces palabras ni tiernas caricias. No obstante, aquello era precisamente lo que ella había pedido y se sentía muy excitada. La humedad de la entrepierna comenzaba a caerle por los muslos.

Le desabrochó los pantalones y levantó el rostro para mirarlo. Tenía una expresión inescrutable. Entonces, extendió la mano y le acarició la barbilla con la yema del pulgar.

—¿Te excito, esclava?

—Sí, amo. Estoy húmeda para ti.

—Bajate el tanga y déjame ver.

Ella hizo rápidamente lo que Don Juan le había pedido.

—Ahora, siéntate a horcajadas encima de mí.

Temblando, hizo lo que él le había ordenado. Colocó una pierna a cada lado de las suyas y acomodó el trasero desnudo sobre los pantalones de cuero. Con un dedo, él comenzó a acariciarla entre las piernas, estimulando bruscamente la cálida humedad.

Meggie echó hacia atrás la cabeza ante la experiencia. Estuvo a punto de alcanzar el orgasmo allí mismo.

—¿Quieres que sea brusco contigo?

—Tú eres el amo. Yo soy la esclava. Mi único deseo es hacerte gozar.

—Entonces, bésame.

La boca de Meggie cubrió inmediatamente la de él. El beso los envolvió a ambos con su absoluto poder. Los siguiente momentos pasaron en medio de una furia desesperada. Don Juan hizo que ella se levantara, se

255

desnudó, se volvió a sentar y la volvió a colocar sobre su regazo, aunque aquella vez de espaldas. Fue entonces cuando Meggie se dio cuenta de que él podía ver el reflejo de ambos en un espejo que había en la pared. Una nueva oleada de excitación se apoderó de ella.

—Recuéstate contra mí —le ordenó él—. Déjame jugar contigo.

Meggie hizo lo que él le había pedido. Entonces, él le colocó una mano en el trasero. Las sensaciones que él despertaba en ella eran tan exquisitas que los ojos se le llenaron de lágrimas.

Con una mano empezó a acariciarle el trasero y con la otra se centró en los senos desnudos. Le barrió los pezones y se los pellizcó suavemente, masajeándoselos... Las sensaciones fueron deliciosas, pecaminosas y muy familiares. Había echado de menos las caricias de Don Juan. ¿Cómo era posible? Sólo había estado con él en dos ocasiones. Casi no lo conocía.

El cuerpo de Meggie pareció licuarse por el deseo. De los pezones pasó a los senos en su totalidad, para luego volver a concentrarse de nuevo en las erectas puntas. Ella se contoneó de placer encima de él. Gemía de gozo y el aliento se le escapaba de los labios en forma de jadeos. Su cuerpo entero parecía estar hinchado y dolorido por la intensa excitación. Don Juan le mordisqueaba la oreja. Las sensaciones fueron increíbles cuando empezó a chuparle la carne y el lóbulo. Meggie tembló al notar la profunda humedad que la cubría y el calor de la boca de su amante.

Él separó las piernas y, de paso, hizo lo mismo con las de ella. Apartó la mano de los pechos y la llevó hasta la entrepierna. Con la otra, siguió acariciándole el trasero.

Al principio, ella no se dio cuenta de lo que Don Juan estaba haciendo. Se iba acercando al espejo. Entonces, Meggie vio el reflejo de ambos. La imagen de la carne desnuda de él contra la suya resultaba completamente hipnótica. Gimió, escandalizada y avergonzada, pero al mismo tiempo muy excitada. Nunca había hecho el amor delante de un espejo. Le parecía algo muy pecaminoso. Cerró los ojos y giró la cabeza.

—Mírate —le dijo él, entre risas—. Observa cómo te hago el amor.

Lo hizo. Don Juan la colocó sobre la cómoda, a la que ella se aferró como si le fuera la vida en ello. El cuerpo entero le temblaba. A continuación, él le dio un ligero azote en el trasero. Entonces, se lo agarró con las dos manos y suspiró extasiado.

Los cuerpos de ambos comenzaron a agitarse presa de los movimientos del placer. A veces, Meggie lo veía más a él, a veces más a ella misma. La imagen del espejo resultaba cien veces más erótica que cualquier película pornográfica. Meggie perdió completamente el sentido del tiempo y del lugar.

Don Juan se tomó el tiempo suficiente para colocarse un preservativo. A continuación, pasó unos minutos volviéndola a excitar de nuevo y entonces, por fin, la penetró por detrás. Ella gimió agradecida.

—Eres tan hermosa... —susurró él, acariciando dulcemente el cabello de Meggie.

Ella quiso moverse, corresponderle y darle también placer, pero Don Juan se lo impidió.

—No. Si lo haces, no duraré ni un momento.

Con mucha dificultad, Meggie se contuvo. Cada vez que estaba a punto de alcanzar el orgasmo, él movía el cuerpo lo suficiente para que no ocurriera.

—Por favor —suplicó ella, llena de frustración—. Por favor...

—¿Qué es lo que quieres? Dímelo.

—Por favor...

—¿Más? ¿Quieres más?

—Sí... Oh, sí...

—Todavía no, querida. Todavía no —dijo él, con voz tierna, llena de la misma emoción que le aprisionaba a ella la garganta.

Cuando Don Juan se apartó de ella, Meggie sollozó. Trató de darse la vuelta, de agarrarlo y de obligarlo a terminar lo que había empezado, pero él ya se había retirado.

Meggie lo veía en el espejo. La luz de las farolas destacaba su silueta. Vislumbró su potente erección y, a ciegas, trató de agarrarlo, pero Don Juan le asió la muñeca antes de que ella pudiera hacer contacto.

—Espera. Por favor. Sólo un poco más. Merecerá la pena, te lo prometo.

Entonces, se inclinó, la tomó en brazos y la llevó a la cama. La colocó encima de las sábanas y dio un paso atrás. Meggie lo miró, iluminado por la luz de la farola que había justo delante de la ventana. Tenía el rostro cubierto por el antifaz. Si extendía la mano, podría quitárselo.

—Quítame el antifaz —le ordenó él—. Quiero que me veas el rostro.

—No —susurró ella.

—Soy tu amo y tú eres mi esclava. Debes obedecerme.

—No lo haré.

—En ese caso, debo castigarte.

—Adelante.

Don Juan la inmovilizó contra la cama.

—Quítame el antifaz, esclava.

Meggie estaba al borde la histeria. No podía ni quería quitarle el antifaz. No deseaba saber quién era él. Lo estropearía todo y se temía que él la estaba llevando más allá de un simple desenmascaramiento. Se temía que él se estuviera enamorando de ella. No podía consentir que aquello ocurriera.

Se dio cuenta de que necesitaba la fantasía del macho inalcanzable. Los juegos de Don Juan la habían ayudado a incrementar su autoestima y a recuperar su feminidad después del divorcio. Sin embargo, lo último que necesitaba en su vida era otro chico malo. Había cometido el error una vez, pero no lo volvería a hacer. Lo que necesitaba era un hombre emocionalmente seguro. Un hombre tranquilo y amable. Como Caleb. Desgraciadamente, Caleb ya tenía otra mujer.

—Quítame el antifaz —reiteró él.

—¡No! ¡Ya basta! No lo haré.

—¿Por qué no?

—Porque no quiero saber quién eres. ¿No lo comprendes? No quiero verte el rostro. No quiero enamorarme de ti. Yo necesito seguridad. ¡Necesito un hombre que pueda proporcionarme todo lo que necesito, no un tipo guapo e inestable al que le gusta disfrazarse y realizar juegos sexuales con desconocidas!

Las palabras de Meggie destrozaron el mundo de Caleb. Quería un hombre que pudiera proporcionarle todo lo que necesitaba. No le importaba el amor, sino la seguridad. No era diferente de todas las mujeres que se habían presentado en Bear Creek buscando casarse con él porque era millonario. Una profunda desilusión se apoderó de él, aunque este sentimiento se vio rápidamente reemplazado por la ira.

—Entonces, ¿por qué estás aquí conmigo?

—Por el sexo, por supuesto.

Sexo. Lo quería por el sexo. O era una cartera o un objeto sexual.

«No puedes quejarte. Tú empezaste todo esto con la intención de vivir tu fantasía de la adolescencia. No puedes culparla a ella por algo que es culpa tuya. Ella te dijo desde el principio que no estaba buscando nada serio. Tú eres el que lo ha estropeado todo». Su conciencia le recriminó su actitud, pero el corazón le dolía tanto que no quería escuchar nada racional.

—Entonces, ¿es sexo lo que quieres? —le espetó, con voz brusca.

Meggie asintió. Abrió los ojos de par en par. Parecía muy asustada, pero también muy excitada.

—Entonces, sexo será lo que recibas.

No debería haberla poseído. Estaba demasiado enojado y lo sabía, pero no pudo evitarlo. Aquélla sería la última vez que compartiría aquella clase de intimidad con ella. Le separó los muslos con las manos, se colocó encima y se hundió en ella con un fuerte y bárbaro empujó.

—¡Oh, sí! —exclamó Meggie, rodeándole el cuello con los brazos y arqueando las caderas para acogerlo más profundamente en su cuerpo—. Sí... Dios...

Las sensaciones, cálidas y apasionadas, fueron extendiéndose por el vientre de Caleb. Tal vez no podría amarla para toda la vida, pero la amaría aquella noche. Ella lo amaría también a su modo, con las manos y la boca. Acariciándolo, mordiéndolo, tirándole del pelo con impaciencia cuando él aminoraba la marcha.

Ya nada importaba. Ni el pasado ni el futuro. Sólo aquel momento.

Caleb pasó de empujar de modo largo y lento a hacerlo con rápidos y cortos movimientos.

—Sí —gimió ella, con los ojos completamente cerrados—. Me gusta. Más. Más profundamente. Más fuerte... Quiero que me llenes por dentro. Más... dame más.

Lo abrazó con los músculos de la vagina, tensándose alrededor de él. El corazón de

Caleb le latía con fuerza en el pecho y le resonaba en la cabeza y en los oídos, llenándole el cuerpo de un calor tan intenso que se sentía como si estuviera ardiendo. De repente, dejó de moverse y la miró fijamente.

—¿Qué es lo que pasa?

—Mírame.

Meggie abrió los párpados. Caleb estuvo a punto de dejar de respirar al ver la dulce expresión de anhelo que ella tenía en los ojos. Sin dejar de observarla, él empezó a moverse de nuevo. Meggie lo rodeó, lo absorbió tan completamente que Caleb no era capaz de decir dónde terminaba ella y dónde empezaba él. Nunca había experimentado nada semejante. Con nadie.

No porque ella resultara muy sexy, aunque lo era. No tenía nada que ver con los antifaces ni con el misterio del momento. Tampoco con el hecho de que supiera que jamás volvería a tenerla después de aquella noche. Tenía que ver más con el anhelo que Meggie tenía en los ojos. Con el vínculo que los unía. Con la sensación de que los dos eran las únicas personas sobre la faz de la Tierra.

Aquello resultaba imposible de soportar, particularmente porque ella le había dejado muy claro que no lo deseaba para nada más que el sexo. Caleb había sido siempre respetado a lo largo de su vida por lo que podía proporcionar, no por lo que era en sí mismo. El dolor era casi insoportable. No podía pensar más.

Rompió el vínculo visual con ella. Cerró los ojos para aislarse por completo, como solía hacer cuando los sentimientos eran demasiado intensos. Empujó cada vez más fuerte. Meggie gruñía de placer como si fuera una gata en celo. Le arañaba la espalda y le rodeaba la cintura con las piernas, aferrándose con fuerza a él. Entonces, levantó la cabeza de la almohada y le mordió el labio inferior.

—Casi —gritó—. No pares.

Estaba a punto de proporcionarle el orgasmo. Caleb nunca se había sentido tan orgulloso, tan masculino. Empujó una última vez y sintió que ella se convulsionaba debajo de él, justo cuando su esencia masculina le abandonaba el cuerpo como un surtidor. Presa de aquellas cegadoras sensaciones, gritó el nombre de Meggie, olvidándose de que Don Juan no podía saberlo. También se olvidó de utilizar su acento español. Se olvidó de todo a excepción de que, por primera y última vez, Meggie y él habían compartido el acto más íntimo de todos. Le había hecho el amor con todo su corazón, su mente y su alma. Lo peor de todo era que el dolor resultaba mucho más insoportable de lo que habría imaginado nunca.

Capítulo quince

«LO he hecho. He recorrido el lado salvaje de la vida. He vivido un poco. He realizado mi propia aventura. He tenido un escarceo amoroso sin ningún tipo de ataduras y he demostrado que no soy mala en la cama».

Meggie había conseguido lo que quería. Entonces, ¿por qué su victoria le resultaba tan amarga? ¿Por qué parecía estar deseando algo más? ¿Por qué no podía dejar de querer que el hombre que estaba a su lado en la cama no fuera un atrevido e inalcanzable desconocido sino que fuera su querido amigo Caleb?

Había pensado que quería sexo y nada más. Había creído que demostrar que Jesse estaba equivocado era un objetivo completamente meritorio. En vez de eso, había descubierto que la venganza no siempre era dulce y que, aunque Don Juan había satisfecho sus fantasías más secretas, su verdadero deseo no era disfrutar del sexo por el sexo sino de una intimidad real y duradera. Algo que no encontraría a través de encuentros sexuales con desconocidos.

Había estado buscando el amor en el lugar equivocado cuando siempre había tenido a Caleb delante de sus narices. ¿Podría ser que estuviera enamorada de Caleb?

No. Era una locura. Lo conocía desde hacía casi una vida entera. Si hubiera estado enamorada de él, ¿no se habría dado cuenta mucho antes? Entonces, ¿por qué no hacía más que pensar en él? ¿Por qué, mientras estaba teniendo relaciones sexuales con Don Juan, no hacía más que fingir que era Caleb? Todo esto, por no mencionar el extraño sueño que había tenido. ¿Por qué seguía preguntándose lo que Caleb diría si pudiera verla en aquellos momentos?

Se sentiría muy desilusionado al ver que a ella le había resultado imposible resistirse al atractivo de Don Juan. La vergüenza la hizo levantarse de la cama y empezar a buscar su ropa en la oscuridad de la habitación.

Don Juan se incorporó, pero ella se negó a mirarlo.

—¿Te vas?

—Sí.

—No volveré a verte —dijo. Era una afirmación, no una pregunta. Se levantó y se dirigió hacia ella.

—No —afirmó ella, mientras giraba la cabeza para subirse la cremallera del vestido.

—Has tomado de mí lo que necesitabas.

—Sí —respondió. Aquella contestación sonaba tan cruel, tan fría... —. Me has dado mucho, Don Juan. Me has devuelto mi feminidad y nunca podré agradecértelo lo suficiente.

—De nada —susurró él. Le tocó la mejilla muy suavemente—. Siempre te recordaré con cariño.

Meggie metió los pies en los zapatos y se dispuso a marcharse. Al llegar a la puerta, dudó.

—Cuídate, ¿de acuerdo?

—Adiós, bella mía —susurró él, con el acento español que ya no hacía temblar a Meggie—. Adiós.

Meggie no hacía más que caminar de arriba abajo por la cocina de Wendy con los brazos cruzados sobre el pecho. Mil pensamientos en conflicto danzaban en su cabeza. Había llegado al apartamento de su amiga no mucho tiempo después de dejar la cama de Don Juan, aún vestida con su elaborado disfraz. Necesitaba desesperadamente alguien con quien hablar, pero, cuando llegó a la casa de Wendy, no sabía cómo comenzar.

—Vaya, amiga —dijo Wendy—. Me vas a hacer un surco en el linóleo. ¿Me puedes al menos dar una pista de lo que te tiene tan agitada?

Meggie abrió la boca para hablar, pero entonces suspiró y sacudió la cabeza, sin saber cómo empezar.

—¿Qué? ¡Háblame! ¿Cómo puedo ayudarte si no me dices lo que está pasando?

—Está mal —dijo Meggie, por fin.

—¿Qué es lo que está mal?

—Lo que siento.

—Vas a tener que darme una pista —afirmó Wendy, frunciendo el ceño—. ¿Qué es lo que sientes?

—Creo que me he enamorado de él.

—Oh, Meggie —exclamó Wendy, horrorizada—. Ya te dije que ibas a perder el corazón. Tú no eres la clase de chica que puede amar a los hombres y luego dejarlos.

Muy irritada, Meggie agitó una mano.

—Es ahí donde te equivocas. He utilizado a Don Juan para subirme la autoestima, le he dado las gracias y me he marchado —dijo, chascando los dedos—. Así.

—Pero pensé que habías dicho que te habías enamorado de él.

—No de Don Juan.

—Entonces, ¿de quién?

—De Caleb.

—¿Cómo? —preguntó Wendy. Parecía sentirse tan asombrada como la propia Meggie.

—Lo sé. Es ilógico, irracional, pero ahí está. Estoy enamorada de él.

—Vaya.

—Lo peor de todo es que él no siente lo mismo por mí.

—¿Cómo lo sabes?

—Lo besé —admitió Meggie—. Y él se apartó de mí. Rápidamente. Me dijo que había conocido a otra mujer.

—Oh, no...

—Me siento tan estúpida... —susurró Meggie, mordiéndose el labio inferior para no llorar.

—¿Estás segura de que Caleb no siente nada por ti? Si acaba de conocer a esa mujer, no puede ser demasiado serio. ¿Y si le dijeras lo que sientes?

—No puedo hacerlo.

—¿Por qué no?

¿Y por qué no? Porque tenía miedo de exponer el corazón, de volver a sufrir. ¿Cómo sabía que lo que sentía por Caleb era real y no debido a su propia confusión? Sin embargo, parecía tener todos los síntomas del amor verdadero. El corazón se le aceleraba cuando oía su nombre. Se había derretido por completo cuando lo besó. Había tenido sueños eróticos con él.

«Él se arriesgó por ti, Meggie. Recuerda la noche que subisteis a lo alto de La Aguja Espacial y él se atrevió a enfrentarse a sus miedos. Arriésgate tú por él. Tal vez te sorprenda».

—Al menos, le debes a él y a ti misma una conversación —dijo Wendy—. Hazte una sola pregunta. ¿Qué tienes que perder si no lo haces?

Meggie miró a su amiga, tragó saliva y susurró:

—Todo.

—Lo siento, señorita. El señor Greenleaf se ha marchado del hotel.

—¿Que se ha marchado del hotel? —repitió Meggie, atónita—. ¿Qué quiere decir con que se ha marchado?

—El señor Greenleaf pagó su cuenta y dejó la habitación hace… —respondió el encargado de recepción, mientras miraba el reloj— hace aproximadamente una hora.

—No puede ser. Debe de haber un error. Tiene que dar una conferencia más. Se suponía que no se iba a marchar de la ciudad hasta mediados de semana.

—Lo siento —repitió el hombre.

—Tal vez se ha marchado a otro hotel. ¿Ha dejado algún número de teléfono donde se lo pueda localizar? —preguntó, con voz desesperada. Estaba tan nerviosa que se había puesto de puntillas, como si así pudiera ver algo que le dijera dónde se había ido Caleb.

—No. No ha dejado ningún número.

—Oh...

Meggie lanzó un suspiro y volvió a apoyar los pies sobre el suelo. Se sentía completamente derrotada. ¿Adónde se había ido Caleb? «Tal vez está en la casa de su novia». Aquel pensamiento la golpeó con fuerza.

—Espere —dijo el recepcionista. Había arrancado un Post-it de la pantalla de un ordenador cercano—. ¿Es usted Meggie Scofield?

—Sí. Sí.

—Parece que el señor Greenleaf ha dejado un paquete para usted.

—¿Un paquete? ¿Para mí? —repitió, completamente asombrada.

—Espere un momento. Iré a por él.

—Muy bien.

El recepcionista desapareció por una puerta que había detrás del mostrador. Meggie se miró las manos y se sorprendió de ver que estaban temblando. «Tranquilízate. No saques conclusiones precipitadas».

Un par de minutos más tarde, el recepcionista regresó con una bolsa de papel marrón.

—Aquí tiene, señorita Scofield.

Meggie tomó la bolsa y fue a sentarse en uno de los sillones del vestíbulo. Colocó la bolsa en el suelo, la abrió y sacó un par de botas de cuero.

¿Qué diablos...? El pulso se le aceleró. ¿Qué era aquello?

A continuación, extrajo unos pantalones de cuero, una capa negra y una camisa blanca de pirata. Cuando llegó al fondo de la bolsa y encontró el antifaz, se quedó literalmente sin respiración. Miró las pruebas que tenía en las manos. Al principio prefirió no comprender lo que significaban. Entonces, contuvo el aliento.

¿Eran Don Juan y Caleb la misma persona? ¿Igual que había ocurrido en su sueño? La incredulidad le aguijoneó el vientre. Caleb no podía ser Don Juan. Ni hablar. Tenía que haber otra explicación. El sincero y honrado Caleb nunca la habría engañado de aquella manera.

La pregunta era por qué. ¿Por qué se había tomado Caleb tantas molestias por ocultar su verdadero yo? ¿Se debía simplemente a que quería una aventura sexual propia antes de encontrar una esposa y sentar la cabeza para siempre? Meggie hizo un gesto de dolor al darse cuenta de que ella había estado más que dispuesta a colaborar.

Meggie acarició el antifaz y apretó los labios para no gemir de dolor. Su vida estaba llena de mentiras, mentiras y más mentiras. Las mentiras que Caleb le había dicho a ella. Las mentiras que se había contado a sí misma. Había deseado tan desesperadamente tener una fantasía que no se había parado a pensar en el hombre que había debajo del antifaz. Para calmar su dolor e incrementar su seguridad en sí misma, había aceptado a Don Juan sin hacerse preguntas. Había ido buscando un placer que carecía de valor alguno diciéndose que todo era en nombre de vivir la vida.

No había querido mirar más allá. ¿Por qué si no había insistido en que hicieran el amor en la oscuridad después de la fiesta de Halloween? ¿Por qué si no se había negado a quitarle a él el antifaz la noche anterior, aunque él se lo había suplicado?

En aquel momento comprendió la verdad. En el fondo, siempre había sabido que Don Juan era Caleb, aunque no conscientemente. Había deseado el placer sin aceptar la responsabilidad de una relación real, y se había dejado llevar de buena gana por las pretensiones de su amante.

Como resultado, los dos habían terminado sufriendo por aquella peligrosa mascarada. Y Meggie sabía que ella era la única culpable.

Caleb iba caminando por la nieve que cubría el suelo del bosque. Había recibido informes de que había cazadores furtivos en la zona y estaba comprobándolo. Sin embargo, no tenía el corazón puesto en el trabajo. Echaba a Meggie de menos desesperadamente y se odiaba por su debilidad.

Habían pasado casi dos semanas desde que se marchó de Seattle para regresar a Bear Creek. Dos semanas y no había tenido noticias de ella. Se dijo que se alegraba por ello, que era lo mejor, pero sabía que se estaba mintiendo.

Por milésima vez, se la imaginó en el vestíbulo del hotel, examinado los contenidos de la bolsa de papel y dándose cuenta por primera vez de quién era su amante enmascarado. Al pensar en lo que habría sufrido, el corazón se le encogió de dolor. Probablemente lo despreciaba y se sentía traicionada.

Bueno, no más que él. Había creído que Meggie era diferente. Que ella nunca lo habría buscado por su dinero. Cuando le dijo que necesitaba seguridad, había sido como si le hubiera arrancado el alma para pisotearla en el suelo.

«¿Cómo puedes esperar que te acepte por ti mismo cuando la has engañado? No se consigue confianza con mentiras».

Se había dicho estas palabras mil veces desde que llegó. Debería olvidarlo todo. Era mejor así. El sexo había sido fantástico. Los dos habían conseguido lo que necesitaban.

El problema era que él había añadido un componente romántico a la situación y había atribuido a su relación mucho más de lo que era. Entonces, ¿por qué no podía dejar de pensar en ella... y de desear que todo fuera diferente? Sabía que había construido un castillo de naipes. No tendría que haberse sorprendido de que terminara derrumbándose. Las relaciones sólidas se basaban en la sinceridad y en la confianza. Ellos no tenían ninguna de las dos cosas. Sin sinceridad, ¿cómo se podía confiar en alguien?

Avanzaba por el bosque sin darse cuenta de adónde iba. Debía llegar al puesto antes de que oscureciera. Entonces, comprendió adónde lo había estado llevando su subconsciente.

Al claro del bosque. A la cabaña de patinadores donde Meggie y él habían tenido su primer encuentro íntimo. Miró la cabaña y, al recordar, sintió que el corazón se le partía en dos.

Capítulo dieciseis

EL teléfono empezó a sonar. Como llevaba haciendo desde hacía tres semanas cada vez que sonaba el estúpido aparato, Meggie se puso en pie de un salto y se abalanzó sobre el auricular. ¿Sería Caleb?

—¿Sí?

—¿Meggie?

—¿Kay? —preguntó. Sus esperanzas habían vuelto a hacerse pedazos.

—¿Qué es lo que pasa? —le preguntó su amiga, con un tono de voz no demasiado agradable—. Tu madre acaba de decirme que no vas a venir a casa por Navidad.

—No me puedo tomar días libres. Tengo mucho trabajo —mintió.

No ocurría nada con su trabajo. Además, a pesar de haber estado de baja, tenía derecho a tomarse unos días de vacaciones. La razón por la que le había dicho a su madre que no iría a Bear Creek no tenía que ver con su trabajo y sí con Caleb. No quería volver a encontrarse con él. Todavía no. Al menos hasta que su corazón hubiera tenido tiempo de sanar.

—Tengo que decirte, Meggie, que Sadie está muy triste de que no vayas a venir a su boda.

—Lo siento mucho —respondió. En realidad, con el tumulto de las últimas semanas se había olvidado de la boda de Jake y Sadie—. Dile que la compensaré.

—Si tiene suerte, sólo se casará una vez —le espetó Kay.

—Tienes razón. Soy una amiga terrible. ¿Qué puedo decir?

—Sólo dime qué diablos ha ocurrido entre Caleb y tú.

—¿Caleb? ¿Y quién te ha dicho que ha ocurrido algo entre Caleb y yo?

—Venga ya. El modo en el que los dos no hacíais más que miraros en la fiesta de Metropolitan, el hecho de que Caleb regresara a casa de muy mal humor, que frunza el ceño cada vez que se menciona tu nombre… No soy tonta.

—¿Tú sabías que Caleb iba disfrazado de Don Juan? —preguntó Meggie, atónita.

—Claro que sí.

—¿Por qué no me dijiste nada?

—Porque Caleb y tú necesitabais una aventura romántica. No sé lo que ocurrió, pero tenéis que hacer las paces. Resulta evidente que los dos estáis hechos el uno para el otro.

—¿De verdad?

—Para ser una mujer inteligente, algunas veces puedes resultar bastante boba, cuñada mía.

—Tú no lo comprendes. Lo que ocurre entre Caleb y yo es muy complicado.

—Lo que sea, pero comportándose como una niña malcriada estás haciendo daño a mucha gente.

—¿Niña malcriada? —repitió Meggie, algo enfadada.

—Sí, niña malcriada. El hecho de que Caleb y tú no os habléis no significa que el resto de nosotros tengamos que sufrir. Tus padres quieren verte para las Navidades. Sadie y Jake quieren que acudas a su boda. Además, se te necesita para algo más. Metropolitan ha descubierto que las necesidades sanitarias de Bear Creek son muy grandes y está planeando celebrar una fiesta de solteros en Navidad para recaudar fondos para una clínica. Querían saber si tú actuarías como portavoz.

—¿Sí?

—Sí. Se va a subastar a Caleb.

—No puedo decir que eso sea un aliciente.

—Está bien. Mi gran confesión. Necesito que vuelvas a casa.

—¿Tú? —preguntó Meggie, entre risas. Kay era la mujer más autosuficiente que conocía—. ¿Y por qué me ibas a necesitar tú?

Se produjo una breve pausa. La ansiedad se apoderó de Meggie.

—Kay, no estaréis Quinn y tú teniendo problemas, ¿verdad?

—No, nada de eso.

—Entonces, ¿qué es lo que pasa?

—Necesito una enfermera que aplaque mis temores.

—¿Estás enferma? —preguntó Meggie, cada vez más alarmada.

—Bueno, no exactamente.

—Entonces, ¿qué es lo que ocurre exactamente?

—Quinn y yo íbamos a esperar al día de Navidad para dar la noticia, pero dado que tú no vas a estar presente, creo que te lo puedo decir ahora.

—Por el amor de Dios, Kay. ¿Decirme qué?

—Estoy embarazada.

—Muy bien. Escuchemos las ofertas para el soltero número tres —dijo Kay, al micrófono—. Unid las manos para el único soltero que queda del anuncio de Metropolitan, los Solteros de Bear Creek. Todos lo conocéis. Nuestro adorado Caleb Greenleaf.

Caleb fue recibido entre aplausos, gritos

y silbidos. Liam Kilstrom lo iluminó con un foco cuando subió al escenario. Iba vestido con unos vaqueros y una camisa de franela roja. Estaba tan guapo que a Meggie se le olvidó respirar.

Estaba muy nerviosa. No hacía más que pasarse las manos por su nuevo atuendo, unos pantalones de cuero rojo, una blusa de seda roja y unas botas de vaquero del mismo color. Había llegado tan sólo unos minutos antes y se había entremezclado con los asistentes. Sólo Mack sabía que estaba allí, dado que la había transportado en avión desde Anchorage.

El centro social de Bear Creek estaba a rebosar. Meggie sintió un nudo en el estómago. Estaba dispuesta a gastarse todos sus ahorros si era necesario para ganar a Caleb.

—Empecemos la subasta con cien dólares —gritó Kay—. ¿Quién está dispuesto a gastar cien dólares por el placer de la compañía de este hombre?

Dos docenas de manos se levantaron entre las asistentes. Meggie se aclaró la garganta.

—Quinientos dólares.

—Dios santo, señoras, ¿han oído eso? Alguien está dispuesto a gastar quinientos dólares —comentó Kay, con una sonrisa—. ¿Me parece escuchar quinientos diez?

La mayoría de las mujeres que habían

apostado la primera vez se negaron a seguir a excepción de Lizzy Magnuson, una amiga de Sadie. Hacía pocos meses que Lizzy se había marchado de San Francisco para instalarse en Bear Creek.

—Seiscientos —dijo Lizzy, sin pensárselo.

—Setecientos —exclamó Meggie.

Kay se cubrió los ojos con una mano.

—Muy bien, ¿quién es la señorita Dinero, la que está apostando desde el fondo de la sala?

Meggie se acercó un poco al escenario. No dejaba de mirar a Caleb. Al principio, él la observó con sorpresa. Entonces, el rostro se le iluminó con una amplia sonrisa. Meggie sintió que a su corazón le salían alas. ¡Se alegraba de verla! Siguió andando. Los asistentes se apartaron para permitirle el paso.

—Setecientos cincuenta —dijo Lizzy.

—Ochocientos —repuso Meggie, sin dejar de mirar a Caleb.

—Novecientos —replicó Lizzy, con determinación.

—Mil dólares —dijo, al llegar al borde del escenario.

Caleb le arrebató el micrófono a Kay y cayó de rodillas delante de Meggie.

—Vendido a la mujer de rojo por mil dólares.

Todos los asistentes se volvieron locos riendo, aplaudiendo y gritando.

Caleb le lanzó el micrófono de nuevo a Kay, se bajó de un salto del escenario, agarró a Meggie del codo y la llevó hacia la salida. Allí, la metió en el guardarropa.

—Has regresado —le dijo, sin dejar de mirarla con sus intensos ojos azules.

—Sí... —susurró ella. A solas con Caleb sintió que regresaba el nerviosismo.

—¿Para Navidad? ¿Para la boda?

—Para siempre.

—¿Cómo dices? Tú eres una chica de ciudad. Te encanta Seattle. ¿Por qué ibas a regresar a Bear Creek?

—Bueno, Metropolitan me ha ofrecido el trabajo de ocuparme de la clínica.

—¿Sí? —preguntó él. La tomó entre sus brazos. El contacto resultaba tan agradable... Todo pareció encajar en el momento en el que su torso tocó el pecho de Meggie.

—Sí. Además, Kay va a necesitar mucha ayuda con el bebé. ¿Te has enterado? Voy a ser tía.

—El hecho de que tú seas enfermera les vendrá muy bien —musitó. Tenía los labios a pocos milímetros de los de ella. Su aroma, rico y masculino, envolvía a Meggie.

—Cierto.

—¿Son ésas las únicas razones por las que

has decidido regresar?

—Bueno —dijo ella—, hay otra razón.

—¿Y es?

—He descubierto que no necesito la gran ciudad para divertirme.

—¿No?

—No.

—Si es así, ¿cómo esperas encontrar la marcha de ahora en adelante?

—Yo esperaba que tú me ayudaras a responder esa pregunta.

—¿Don Juan o yo?

Meggie se mordió los labios y bajó los ojos. Caleb le tomó la barbilla en la palma de la mano y la obligó a levantar la cabeza.

—¿Por qué me abandonaste aquella noche, Meggie?

—No estaba preparada para enfrentarme a la verdad —confesó ella—, aunque yo no fui la única que huyó. ¿Por qué te marchaste tú de Seattle? ¿Por qué me dejaste esa bolsa? ¿Por qué no pudiste decírmelo cara a cara?

—Te debo una disculpa por eso. No tengo excusa. Tenía miedo. Ésa es la simple verdad.

—¿De qué tenías miedo?

—De que sólo me quisieras por mi dinero —respondió Caleb, tras un segundo de pausa.

—¿Y por qué diablos pensaste eso?

—Cuando traté de conseguir que me quitaras el antifaz para que supieras quién era, me dijiste que necesitabas seguridad. Sé que soy muy aprensivo en temas de dinero por cómo es mi madre y por mi infancia, pero tenía miedo de que nunca me amaras por mí mismo.

—Caleb, yo me refería a la seguridad emocional. Por muy excitante que fuera Don Juan, yo necesitaba más. El sexo estupendo no era suficiente. Yo necesitaba un hombre fuerte, firme y de fiar.

—¿Te pareció que el sexo era estupendo?

—Eres un amante fantástico. Un hombre fantástico.

—¿De verdad? ¿No te importa que un hombre prefiera la naturaleza antes que participar en la carrera de ratas para ganar el todopoderoso dólar?

—Tu dinero me importa un comino. Por mí, como si lo regalas todo.

—Hablas en serio.

—Sí.

Caleb no podía creer lo que estaba escuchando. Extendió el dedo índice y apartó un rizo de la mejilla de Meggie. Mientras contemplaba su rostro, decidió que no recordaba nada que lo hubiera emocionado tanto.

—Llevo amándote desde que tenía catorce años, Meggie Scofield, pero, como creía que no tenía ninguna oportunidad contigo, me convencí de que la atracción tenía que ser puramente física. Yo era sólo un chico algo raro al que le gustaba estar en los bosques observando los animales. Tú eras mayor que yo y mucho más sofisticada. Sabía que no estabas a mi alcance y, sin embargo, no podía dejar de fantasear contigo.

—¿Fantaseabas conmigo?

—Nena, no sabes cuánto.

—Yo nunca pensé que mereciera ser parte de las fantasías de un hombre —admitió Meggie—. Es decir, tengo el trasero demasiado grande comparado con el resto del cuerpo, pecas, mi rostro no es nada especial y…

—Shh —susurró él, colocándole un dedo en los labios—. Me encanta tu trasero. Es perfecto. Adoro tus pecas y te aseguro que tu rostro es muy especial. Sé que piensas que no eres muy guapa y que mi estúpido hermanastro tiene en parte la culpa de que te veas así, pero siento desilusionarte, Meggie. Creo que eres preciosa. Siempre lo he creído.

—¿De verdad?

—Traté de olvidarte. Salí con algunas chicas en la universidad y pensaba que me había olvidado de ti, pero nunca parecí conectar con nadie, al menos no al nivel de intimidad que yo deseaba. Entonces, te presentaste en la fiesta de disfraces con ese traje de Klondike Kate y perdí la cabeza, aunque entonces no sabía que eras tú.

—Yo también me enganché a Don Juan en el momento en el que lo vi.

—¿De verdad?

—De verdad.

—Cuando susurraste tu número de teléfono y me di cuenta de que Klondike Kate eras tú, me quedé completamente atónito. Después de lo que habíamos hecho en la cabaña de los patinadores... Decidí no decir nada, fingir que nunca había ocurrido, pero entonces recibí una invitación del comité en el que tú estás para dar unas conferencias en Seattle. Entonces, empecé a pensar que tal vez te habías dado cuenta de que yo era Don Juan y que aquélla era tu manera de pedirme que fuera a por ti.

—No me di cuenta de que eras Don Juan, al menos conscientemente —admitió ella—, pero, dentro de mí, creo que lo sabía. Por eso no te llamé. Pensaba que sólo estaba utilizando a Don Juan para olvidarme de Jesse, pero no podía dejar de pensar en ti. Cuando Kay me dijo lo triste que estabas, supe que tenía que venir a casa. Tenía que descubrir si teníamos una oportunidad. ¿Tenemos una oportunidad juntos, Caleb?

—¿De verdad me lo tienes que preguntar?

—Te amo, Caleb Greenleaf —afirmó Meggie, con una sonrisa en los labios.

—¿Sabes qué, Meggie Scofield?

—¿Qué?

Él señaló encima de sus cabezas. Meggie levantó la mirada y vio que estaban debajo de una rama de muérdago.

—Yo también te amo.

Meggie gimió justo en el momento en el que la boca de él se cerró sobre la suya y le dio algo para recordar. Para siempre.

Epílogo

MEGGIE y Caleb se casaron exactamente un año después de la fiesta de disfraces en la que el seductor Don Juan puso los ojos sobre la misteriosa Klondike Kate. La ceremonia tuvo lugar en el Bosque Nacional de Tongass, en el porche de la cabaña de patinadores. La lista de invitados incluía a todos los habitantes de Bear Creek, los amigos de Meggie de Seattle y todo el personal de Metropolitan. La revista insistió en pagar los gastos de la recepción dado que Caleb era el último soltero que les quedaba por casar.

Kay y Quinn estaban sentados entre los invitados, acompañados por su pequeña hija Ella. Por su parte, Mack y Jake eran los padrinos de Caleb. Cammie Jo, la esposa de Mack, iba muy elegante con un vestido premamá de dama de honor. Sadie era la otra dama de honor. Las dos miraban muy felices a Meggie, que estaba radiante con su vestido de novia blanco y un antifaz de plumas rojas en vez de velo. Caleb estaba bastante guapo con su atuendo de Don Juan.

Durante la ceremonia, Caleb recitó con

voz profunda y poética los votos matrimoniales que había escrito él mismo.

—Querida, eres mi sol, mi luna, mis estrellas... Mi mundo entero. El corazón se me enciende cuando entras en una habitación. Me has ayudado a cambiar, a crecer, a convertirme en un hombre mejor. Te prometo pasarme el resto de mi vida mostrándote exactamente lo mucho que te amo —dijo. Con dedos temblorosos le quitó a Meggie el antifaz de plumas rojas y miró el dulce rostro que conocía tan íntimamente como el suyo—. El que nos quitemos nuestros antifaces simboliza que desvelamos para el otro nuestras almas y que basamos nuestra fe en lo más poderoso de todo: el amor verdadero e incondicional.

Todos los asistentes suspiraron al unísono. Las lágrimas comenzaron a rodar por las mejillas de Meggie. Miró tiernamente a los ojos de Caleb. El corazón de él latía lleno de emoción. Le resultaba imposible creer que aquel día hubiera llegado por fin.

Sadie le entregó a Meggie un pañuelo para que se secara las lágrimas antes de que le quitara el antifaz a él.

—Desvelo mi alma ante ti, Caleb Joshua Greenleaf. A partir de este día, somos uno solo. Yo, Megan Marie Scofield, tomo...

Mientras ella hablaba, Caleb sólo estaba

pendiente de su encantadora esposa y del maravilloso futuro en común que los esperaba. Se sentía el hombre más afortunado de la Tierra por haber capturado el corazón de la mujer a la que había amado durante más de la mitad de su vida.

—Yo os declaro marido y mujer —anunció el pastor.

Caleb besó a Meggie tan apasionadamente que el cuerpo de ella empezó a vibrar. Los invitados comenzaron a dar vítores cuando él profundizó el beso. Después de un largo y maravilloso minuto, apartó la boca de la de ella y le susurró:

—Ya sabes que tenemos una hora antes de que empiece la recepción, señora Greenleaf.

—¿Qué me estás sugiriendo, señor Greenleaf? —preguntó ella, muy excitada por aquella osada sugerencia delante de todo el mundo.

Caleb le agarró la mano y la condujo por el sendero cubierto de pétalos de rosa. Un caballo ensillado los estaba esperando. Los invitados se levantaron y empezaron a lanzar burbujas de jabón a su paso.

—¿Un juego? —susurró él.

—¿Qué clase de juego? —murmuró Meggie, sin dejar de sonreír a todo el mundo—. ¿Amo y esclava? ¿Médico y enfermera? ¿El lobo feroz y Caperucita Roja?

—Ya sabes cuál es mi favorito.

—¿El del hombre de las montañas y la chica de ciudad?

—Exactamente.

—¿En la cabaña del guarda forestal?

—Yo estaba pensando más bien a lomos de un caballo —respondió él. Justo en aquel momento habían llegado al lado de su montura.

—¡Caleb! ¿Es eso posible?

—Nunca lo sabremos si no probamos.

Caleb la agarró por la cintura y la subió a la silla del caballo. A continuación, se montó detrás de ella. Los invitados aplaudieron y vitorearon. Entonces, Caleb tomó las riendas e hizo trotar al animal.

Desaparecieron rápidamente en el bosque. La espalda de Meggie descansaba contra el torso de Caleb. A través de la delicada tela del vestido de novia, sentía la evidencia del deseo de su esposo apretándosele contra los glúteos.

Él puso al trote al caballo y la abrazó. Meggie apoyó la cabeza contra la curva del cuello de Caleb y suspiró. Inmediatamente, se puso a pensar cómo se podía hacer el amor sobre la silla de un caballo.

—Eres la mujer más sexy del mundo. ¿Sabes lo que provocas en mí?

—Mmm —susurró ella. Giró la cabeza y

comenzó a lamerle la mandíbula. Entonces, se llevó las manos a la espalda y comenzó a desabrochar las cintas de cuero que ceñían el pantalón de Caleb.

—¿Qué... qué estás haciendo?

—Llevar a cabo tu fantasía. Pensando un poco, ni siquiera nos tendremos que quitar la ropa. Oh, por cierto, se me ha olvidado mencionar que no llevo ropa interior.

—Yo tampoco, cielo —repuso él, entre risas—. Yo tampoco...

—Me encanta jugar contigo.

—Te aseguro que no hay nadie sobre la faz de la Tierra con quien yo quiera jugar.

Los ágiles dedos de Meggie separaron las solapas de cuero de la braqueta de Caleb y agarraron la potente erección de su esposo.

—Ah, mujer... ¿Ves cómo me ponen los juegos tan picantes a los que me sometes?

Meggie tembló de excitación cuando el hombre al que amaba le deslizó las manos debajo del vestido, le agarró el trasero con las palmas y la levantó ligeramente de la silla. Cuando la colocó sobre su erección, ella lanzo un gemido de placer y susurró:

—Que empiecen los juegos.